부디 아프지 마라

나태주 산문집

# 부디 아프지 마라

가장 소중하고
아름다웠던
삶의
순간들에게

시공사

우리도 꽃이다

언젠가는 시드는 꽃

그래서 더 아름답고 의미 있는

# 날마다 승리하면서
# 부디 아프지 마시구려

인생은 길면서도 짧다. 오래 산 것 같은데 금세 지나간 것 같고 순간인 것 같은데도 지루하다. 아직 젊은 사람들은 잘 모를 수 있다. 좀 길게 살아본 사람만 안다. 순간이 영원이고 영원이 또 순간이란 걸 놓치지 말아야 하는데 그걸 자주 놓친다.

젊어서도 깜냥껏은 무언가를 하면서 바지런히 살려고 애쓰기는 했다. 하지만 나이 들어 늙은 사람이 된 지금은 더욱 열심을 내지 않을 수 없다. 오늘이 나의 생 마지막 날이다, 더는 없다, 그러면서 산다.

그렇다. 오래전부터 날마다 이 세상 첫날처럼 하루를 맞이하고 이 세상 마지막 날처럼 하루를 정리하면서 살자 그랬다. 날마다 잠에서 깨어 제일 먼저 하는 일은 컴퓨터를 살리고 나의 글을 읽는 일이고 저녁 시간에도 제일 나중에 하는 일이 컴퓨터에 나의 글을 적어 넣는 일이다.

시든 산문이든 마찬가지다. 나의 글들은 모두가 그날그날의 일기이면서 어떤 의미에서는 짧은 형식의 자서전이다. 버킷리스트. 세상에서 해보고 싶은 일들의 목록. 날마다의 삶은 버킷리스트의 실천이고 날마다의 글은 또 그것들의 기록이다.

더구나 십수 년 전 죽을병에 붙잡혔던 기억 이래로는 더욱 하루하루의 날들이 다급해졌고 소중해졌다. 아침에 일어나서도 오늘 하루 주신 목숨에 감사하며 기도하고 저녁에 잘 때도 오늘 하루 잘 산 것에 감사하며 기도하면서 잔다.

하여, 나는 나 아닌 다른 사람들에 대해서도 안부를 궁금해하면서 그들의 삶을 위해서도 기원을 해본다. 하루하루를 소중하게 여기며 사시겠지요? 날마다 날마다 승리하면서 부디 아프지 마시기 바랍니다. 이것은 또 나에게 하는 부탁이기도 하다.


2020년 여름의 문턱에서
나태주 씁니다.

| 차례 |

작가의 말
날마다 승리하면서 부디 아프지 마시구려 · 6

시간에게서

배
우
다

피보다 진한 것 · 16

마음을 비우면 죽는다 · 17

철없는 생각 · 19

남강 선생의 회심 · 20

생산 · 22

내가 잘한 일 · 24

그리운 잔소리 · 28

기뻐하고 즐거워하라 · 31

인생의 불행 · 35

밥과 흰 구름 · 38

걱정 인형 · 41

보리밥 인생 · 44

두 가지의 악몽 · 46

반면교사 · 49

아버지들을 위하여 · 53

인연의 무게 · 55

인생은 병렬이다 · 58

살아간다는 것 · 60

메멘토 모리 · 63

우리는 행복한가 · 65

지지받는 삶 · 69

늙은 사람이 되었다는 것 · 72

마음을 내려놓을 곳 · 74

진정한 부자 · 77

부디 아프지 마라 · 80

꽃이

세
상
에

온

의
미

붓꽃 · 88

정원의 일 1 · 90

정원의 일 2 · 92

꽃들이 걱정이다 · 95

말의 길을 따라서 · 97

다시 풀꽃문학관 · 100

풀꽃 시 · 102

풀꽃 시인 · 105

풀꽃 시의 현장 · 109

풀꽃 시의 속내 · 114

사인 한 장의 힘 · 118

세종임금님 생각 · 121

첫 번째 풀꽃 시비 · 124

유용한 시 · 127

내가 살고 싶은 세상 · 129

혜화동입니다 · 130

보편에 이르는 길 · 132

소지영월 · 135

시는 빨래다 · 139

땅이 받아준다는 것 · 141

꽃들이 살다 간 자리 · 144

낮고 부드럽게 · 148

시인의 이름 · 153

늙은 아이 · 155

어린아이 · 158

중학생이 시를 읽어야 하는
이유 · 163

시를 읽지 않는 시대 · 166

꿀벌의 언어 · 170

김영랑이 없는 학교 · 173

길을 따라

또
한
걸
음

북해정은 없었다 · 182

언제입니까 · 186

행복한 사람 · 189

오후의 시간 · 192

집밥 · 194

흰 구름이 그립다 · 196    나의 아버지 · 223

먹구름 아래 · 200    가로등이 켜지는 시간 · 228

나무 어른 · 203    가을 햇빛 · 232

상사화 · 206    물기 머금은 풍경 · 235

팽나무 집 할아버지 · 209    꽃잎, 세 가지 색깔 · 237

망천아저씨 · 212    윤동주 시인의 자취 · 239

계란 프라이 · 215    행동이 곧 유언이다 · 241

죽에 대하여 · 218    멀리 가는 길 · 244

아내 · 221    생각이 힘이고 길이다 · 246

사람들,

고
맙
습
니
다

아이 니드 유 · 254

예원이가 가르쳐준 것 · 257

한 사람 한 사람씩 · 260

맨발 · 264

투덜투덜 · 267

계란말이 · 270

목말과 딸기 · 273

우리 집 자장가 · 277

하얀 사랑 · 280

봄 스카프 · 284

패키지 사랑 · 286

딸 민애에게 · 289

누군가의 엄마라는 것 · 291

안다는 것 · 295

구상 선생의 꽃자리 · 297

사탄은 누구인가 · 300

네가 있어야 나도 있다 · 303

나 떠나는 날엔 · 305

미리 쓰는 편지 · 308

시간에게서

배
우
다

늙은 사람이 된 것은 저절로,
거저 된 일은 아니다. 그동안 많은
세월을 살았고 또 견뎠기에 늙은
사람이 될 수 있었던 것이다.
나는 내가 늙은 사람인 것이 좋다.

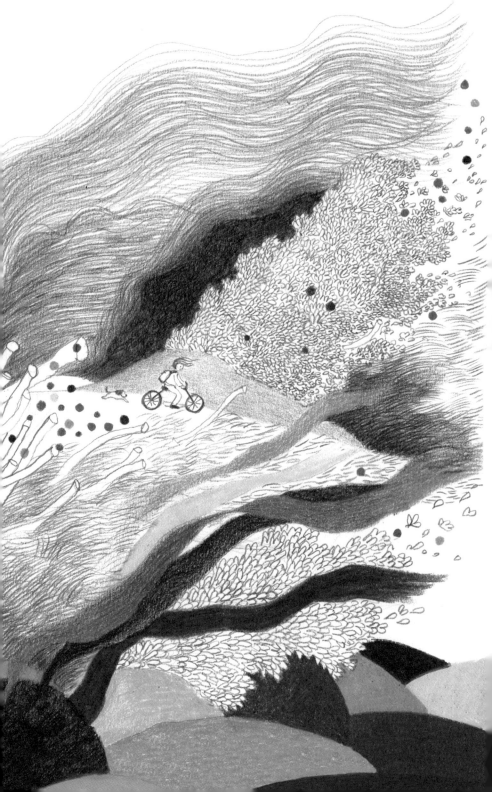

# 피보다 진한 것

우리가 가끔 사용하는 표현 가운데 '피는 물보다 진하다'는 말이 있다. 인간의 인연이 소중하고 특히 가족의 인연이 소중하다는 말일 것이다. 나는 몇 개의 단어를 보태어 이 문장을 바꾸어 적는다.

'물보다 진한 것은 피이고 피보다 진한 것은 시간이다.' 그러므로 오랜 친구가 소중하고 이웃이 소중하고 가족은 더욱 소중한 존재이다. 그 가운데서도 배우자는 가장 소중한 사람이다. 남자로서 현명한 여자를 만난 것은 한 나라를 얻음보다 중하고 여자로서 믿음직한 남자를 만난 것은 온 천하를 얻음보다 중하다.

이 말 속에는 시간의 소중함을 되새기자는 의미도 있다. 시간은 돈이고, 시간은 젊음이고, 시간은 재산이고, 시간은 또 건강이다. 돈을 주고 살 수 없는 것이 있다면 그것은 오직 시간이고, 상호 간 차용이 허락되지 않는 것이 있다면 그 또한 시간이다. 알아서 살 일이다.

# 마음을 비우면 죽는다

　모처럼 제자한테서 전화가 왔다. 오래전 제자다. 스무 살 때 초등학교 선생을 할 때 6학년 학생이었던 제자. 나이 차이도 대여섯 살밖에 되지 않는 여자 제자다. 스승의 날이라고 전화했단다. 대뜸 건강하냐고 묻는다. 건강하진 않지만 그럭저럭 견디며 잘 지낸다고 말했다. 마음을 비우며 사느냐고 물었다. 아니라고 대답했다. 오히려 사람은 마음을 비우면 죽는다고, 그 대신 마음을 기쁨으로 채우는 것이 좋겠다고 말했다.

　그건 그러하다. 사람은 살아 있는 이상 마음을 비울 수 없다. 사람의 마음은 물컵이 아니다. 결코 비울 수 없다. 만일 비울 수 있다고 말한다면 그것은 거짓이거나 속임수일 것이다. 사람이 마음을 비운다는 것은 생명 의지가 없다는 것을 의미한다. 우리가 슬프다, 우울하다, 불행하다고 말하는 건 마음속에 슬픔과 우울과 불행의 감정이 지나치게 많이 들어오게 해서 그렇게 느끼는 것이다.

　그런 감정들을 줄여나가야 한다. 어떻게 해야 하는가?

그런 감정들 대신에 기쁜 감정, 즐거운 감정, 밝은 감정을
많이, 더 많이 마음속으로 불러들이면 된다. 그것이 길이다.
그렇게만 된다면 우리는 어떠한 처지와 형편 속에서라도
문제없이 행복한 사람이 될 수 있다. 이것이 늙어서 내가
알게 된 조그만 생의 비밀이고 한 깨침이다.

# 철 없 는   생 각

깜깜하게 어두운 밤이다. 한 사람이 밤하늘의 별 하나를 찾아내어 그 별을 보면서 기도한다. 아니 누군가 또 한 사람을 생각한다. 부디 이 시간에도 그 사람 편안하게 해주시고 내일도 그렇게 해주십사 기도한다. 그러면서 그 사람도 나를 생각하게 해주십사 소원을 보탠다.

그런데 정작 기도의 대상이 되고 소원의 대상이 되는 그 한 사람도 같은 시간대 같은 별을 보면서 같은 생각을 하고 같은 기도를 드렸다 하자. 그렇다면 그 두 사람의 마음과 기도와 소원이 하늘 허공에서 만나 또 다른 별로 빛나는 것은 아닐까. 그래서 밤마다 별은 그토록 반짝이고 아름다우며 눈물 머금은 듯 찬란하게 보이는 것이 아닐까.

별을 보면서 가끔 해보는 생각이다. 아무래도 나는 철이 들기는 애당초 틀린 사람인가 보다.

# 남 강 선 생 의 회 심

남강 이승훈 선생은 오산학교의 설립자로서 유명하고 독립선언서에 서명한 민족대표 33인 가운데 한 분이다. 그런데 이분이 원래는 그저 평범하게 시장을 돌며 장사하는 상인이었다고 한다.

어느 날 장마당에서 도산 안창호 선생의 연설을 들었다. 그때까지만 해도 이승훈 선생은 그저 돈이나 많이 벌어 잘 살아야지 하는 개인적인 삶의 목표만 가지고 산 분이었다 한다. 그런데 도산 선생의 연설을 듣는 순간 마음의 변화가 일어났다.

마음이 뜨거워진 것이다. 자신의 삶을 돌아보고 반성하면서 새롭게 살고자 하는 회심回心이 일어난 것이다. 그래서 도산 선생과 면담을 한 뒤 육영사업, 그러니까 젊은 세대들을 기르고 가르치는 사업에 투신하게 되었다 한다. 그렇게 하여 세워진 학교가 오산학교다.

오산학교는 민족지도자가 많이 배출되기로 유명한 학교이며 예술가가 많이 나오기로도 유명한 학교다. 김안서, 김소월, 백석이 오산이 배출한 시인이며 이중섭, 함석헌 또한 오산이 배출한 걸출한 인물이다.

사람은 일생을 살면서 한 번쯤은 회심의 기회를 갖는 것이 좋겠다. 그 자체가 행운이며 두 번째의 인생을 사는 기회가 된다. 톨스토이 같은 러시아 소설가도 50살에 회심의 기회를 갖고 통회하면서 『참회록』이란 책을 쓰고 그 뒤에 32년이나 새로운 인생을 살았다 한다. 톨스토이의 걸작들이 바로 이 회심 이후에 씌어진 것이라고 하니 그 의미를 알 만하다 하겠다.

회심이란 말을 다른 말로 표현하면 인생의 터닝포인트이다. 길을 가다가 잘못 가고 있다는 것을 알았을 때 돌아서는 지점을 터닝포인트라고 말한다. 누구나 자기에게는 언제쯤 터닝포인트가 있었던가 생각해볼 일이다. 아니 언제쯤 터닝포인트를 가져야 할지 생각해보아야 한다. 그래서 새롭고도 의미 있는 인생을 살아야 할 일이다.

## 생 산

인간이 살아가면서 가장 소망하는 일이며 꼭 해야만 할 일은 생산이다. 무엇인가를 만들어내는 것이 생산이다. 처음에 없던 것을 있게 하는 것이 생산이다. 생산이야말로 미덕이며 아름다움이다.

인간의 생산 가운데 가장 중요한 생산은 자식을 낳는 일이다. 그다음은 농사를 지어 먹거리를 생산하는 일이고, 공장에서 물건을 만들어내는 일도 생산이다. 바다에서 해산물을 채취하는 것도 일종의 생산이고, 임산물을 얻는 것도 생산이다.

나아가 학교에서 교사가 학생을 가르치는 것도 생산이고, 공무원이나 직장인이 좋은 계획을 세우고 세상에 도움을 주는 사업을 실천하는 것도 생산일뿐더러, 의사가 죽어가는 환자를 살리는 것도 생산이고, 나 같은 시인이 시를 쓰는 것도 생산이고, 무릇 예술가들이 예술작품을 만들어내는 것까지도 생산이다.

생산은 진정으로 선한 것이다. 생산은 유익한 것이고 칭찬받을 일이고 필요한 일이고 급한 일이고 언제나 계속되어야 할 일이다. 생산이 멎을 때 그 인간은 효용 가치가 상실된다.

인간은 늙은 사람이 되었다 해서 그 유통기한이 지나고 효용 가치가 떨어지는 것이 아니다. 그가 생산을 계속하는 한 그는 유용한 사람이고 필요한 사람이고 사랑받아 마땅한 사람이 된다.

나는 비록 나이를 먹어 늙은 사람이 되었지만 끝까지 생산하는 사람으로 남고 싶다. 글을 쓰는 것은 물론이고 좋은 생각과 말을 생산해내어 세상 사람들에게 전해주고 싶다. 가능하면 도움을 주고 싶고 힘든 사람들에게 위로의 손길을 주고 싶다. 만약에 나에게서 생산하는 일이 끝난다면 그것은 바로 나의 죽음의 날이 될 것이다.

# 내 가 잘 한 일

나에게도 청소년 시절에 부푼 꿈이 있었다. 열여섯 살 고등학교 1학년 무렵이다. 나의 꿈으로 세 가지가 있었다. 첫째가 시인이 되는 것이었고, 둘째가 예쁜 여자와 결혼하는 것이었고, 셋째가 공주에서 사는 것이었다.

1971년 운 좋게도 신춘문예에 시가 당선되어 시인이 되었고 그 이후로 계속해서 시를 써서 여러 권 시집을 냈을 뿐아니라 지금도 여전히 시를 쓰고 있으니 첫 번째, 시인이 되는 꿈은 이루어졌다고 보아야 할 것이다. 열여섯 살 이래 오늘날까지 단 하루도 거르지 않고 나는 현역의 시인으로 살았다.

글쎄 두 번째 꿈, 예쁜 여자와 결혼하는 것. 여러 차례 실연의 고배를 마시기는 했지만 그래도 지금 사는 아내와 스물아홉 살에 결혼해서 아이들 낳고 살았고 그들도 제 자식들 낳아 살고 있으니 그 꿈도 이루어졌노라 자위해야 하지 않을까 싶다.

세 번째 꿈은 좀처럼 이루기 힘든 꿈이었다. 서른다섯

24

살에 공주에서 살고 싶어서 공주로 학교를 옮겨서 살았지만 여전히 나는 외지인이었고 공주 사람이 아니었다. 공주의 학교에서 교장을 하고 사회단체의 책임자를 맡아보기도 했지만 여전히 나는 서천 사람으로 남았다.

교직에서 정년퇴임을 하고 2년 뒤 주변 사람들의 권유로 공주문화원장 선거에 나가 당선되어 8년 동안이나 문화원장을 하고 나서는 공주 사람들도 나를 공주 사람으로 끼워준다. 그래서 나는 스스로 어린 시절에 가졌던 꿈 세 가지를 모두 이루었노라 생각하면서 사는 사람이다.

그리고 내가 지금까지 살면서 스스로 잘했노라 여기는 네 가지가 있다. 첫째는 시골에서만 산 것. 둘째는 초등학교 교사로 일관한 것. 셋째는 시를 계속 써온 것. 넷째는 자동차 없이 산 것. 그러나 이것들은 모두가 메이저가 아니고 마이너이다. 사람들이 좋아하고 원하는 항목들이 아니란 말씀이다. 그렇지만 나는 마이너임을 불평하지 않고 나의 것으로 끌어안고 살았기에 나 자신 그런대로 평온한 삶을 누렸다고 생각한다.

첫째, 시골에서만 산 것. 촌놈이란 말은 결코 자랑이 아니다. 그래도 나는 내가 시골을 벗어나지 않고 살아서 일평생 시와 교직을 조화시키며 살 수 있었다고 생각한다. 그만큼 시골은 나에게 낙원이었으며 좋은 삶의 터전이었다. 영국 속담에는 이런 말도 있다. '인간은 도시를 만들고 신은

자연을 만들었다.'

둘째, 계속 시를 쓰면서 산 것. 시는 형식적으로 짧은 글이지만 산문보다 까다로운 글이고 여간해서는 독자들로부터 호응을 얻기 어려운 글이다. 더불어 시인은 사회적 대우도 소홀해서 매양 섭섭하고 안타까운 자리다. 그렇지만 시를 쉬지 않고 쓰면서 살았기에 나름대로 맑고 향기로운 인생을 유지할 수 있었다고 자부한다.

셋째, 초등학교 선생을 계속하면서 산 것. 이 또한 자랑이 되지 못한다. 게다가 나는 시골의 작은 학교만 찾아다니며 근무했기에 내가 근무한 학교들은 하나같이 폐교가 되고 만다. 하지만 초등학교 선생으로 계속 살았기로 동심을 잃지 않는 사람이 되었고 어린이 어법으로 시를 쓰는 사람으로 남을 수 있었다.

넷째, 자동차 없이 산 것. 나의 탈것은 오로지 자전거이다. 자전거 이상으로 진화하지 못한 셈이다. 요즘 같은 세상에 자동차 없이 산다는 것은 결코 자랑이 못 되는 일이겠다. 비효율적이고 비생산적인 삶이다. 그렇지만 말이다. 자동차 없이 살므로 보다 자연과 교감하면서 살 수 있었다고 여긴다.

문제는 자신에게 주어진 마이너의 조건을 어떻게 극복하면서 사느냐이다. 어떻게 하면 그것을 메이저의 조건으로 바꾸느냐이다. 비록 마이너지만 그것을 잘 보듬어 안고

나름대로 갈고 닦으면 언젠가는 메이저가 되기도 한다는
것! 그것을 깨치는 것이 바로 나의 삶이었고 나의 생애였다
고 볼 수 있겠다.

# 그리운 잔소리

잔소리란 대개 어른들이 아이들에게 하는 자잘한 타이름을 말한다. 어린 사람들 입장에서는 성가시고 귀찮은 허드레 말로 들릴 것이다. 그건 나도 마찬가지. 시인으로 데뷔하고 나서 선배 시인들로부터 들은 잔소리가 많다. 그런 잔소리들이 오늘의 나를 만들었다고 본다.

맨 처음, 나를 신춘문예에 당선시켜준 박목월 선생의 잔소리. 당선 인사차 원효로 4가 5번지 선생 댁을 찾아갔을 때 선생은 이런 잔소리를 해주셨다. "나 군, 서울 같은 데는 올라올 생각을 하지 말고 시골에서 시나 열심히 쓰면서 살게." 오늘날 내가 시골에 눌러사는 사람이 된 것은 아무래도 박목월 선생의 잔소리가 큰 몫을 한 셈이다.

그다음은 전봉건 선생의 잔소리. 전봉건 선생이 제기동 한옥마을에 살고 있었을 때다. 상경 길에 날이 저물어 선생 집에서 일박을 한 일이 있다. 선생은 이런 말씀을 주셨다. "나 형, 될수록 산문은 쓰지 않도록 하세요. 시를 쓰는 데 산문은 방해가 됩니다." "살아난다는 보장만 있다면 젊은

28

시절 죽을병에 한번 걸려보는 것도 나쁜 일이 아닙니다."
그런데 그만 나는 선생의 충고를 곧이곧대로 따르지 못하
고 너무 많은 산문을 쓴 사람이 되고 말았다.

그리고 김구용 선생의 잔소리. 김구용 선생이 동선동 자
택에서 사실 때다. 선생이 좋아 동선동 자택으로 몇 차례
세배를 간 일이 있는데 그때마다 선생은 사모님에게 부탁
하여 술상을 차려주시며 나에게 부탁했다. "내가 시한테 원
수를 많이 졌소이다. 나 형이 내 시의 원수를 좀 갚아주구
려." 도무지 알 수 없는 말씀이었지만 살면서 조금씩 그 뜻
을 깨치는 것 같기도 하였다.

그러고서도 나는 선배 문인들의 잔소리들을 더 기억하
고 있다. 그 가운데 몇 분의 것을 소개하면 이러하다. 성찬
경 선생. 영문학 전공으로 평생 대학에서 영문학 강의를 하
면서 시를 쓰신 분. "나이가 들수록 영어가 모래알처럼 겉
돌고 한국어는 밥알처럼 씹힙니다."

임강빈 선생. 대전 지역에서 고요한 시인으로 일생을 버
틴 분. "백 편의 시가 중요한 것이 아니라 백 사람에게 읽히
는 한 편의 시가 중요하다. 그런데 나에게는 그런 시가 없
으니 이를 어찌하면 좋으냐!" "사과는 제가 사과인 줄도 모
르고 익는다. 시인도 그래야 한다." "복숭아나 오얏은 스스
로 자랑을 하지 않아도 그 아래로 사람들이 다녀 저절로 길
이 나도록 되어 있다[桃李不言 下自成蹊]."

그리고 김남조 선생. "시는 질투심이 많은 신과 같아서 다른 데를 기웃거리다 돌아오면 빗장을 안으로 걸고 열어 주지 않는다."

마지막으로 고등학교 시절 국어선생님이셨던 김기평 신 생님의 잔소리 몇 마디. "사향을 지녔으면 저절로 향기가 풍기리니 어찌하여 꼭 바람을 맞아 설까 보냐[有麝自然香 何 必當風立]!" "가난하지만 아첨하지 않고 부유하지만 교만하 게 살지 않는다[貧而無諂 富而無驕]."

이제 와 어른들의 잔소리가 그립다. 아무도 나한테 잔소 리를 해줄 어른이 없고 나 스스로 나이 먹은 사람이 된 까 닭이다.

# 기뻐하고 즐거워하라

놀랍게도 동양의 가장 오래되고 깊은 고전인 『논어』에는 즐거울 낙樂 자와 기쁠 열悅 자가 많이 나오는 걸 보게 된다. 공자님이 추구한 인간상은 군자요 그의 덕성은 인仁이지만, 우리에게 권하는 삶은 기쁘고 즐거운 삶인 것이다. 우선 이러한 내력이 『논어』의 처음 부분에 나온다. '배우고 때로 익히면 즐겁지 아니한가[學而時習之 不亦說乎)]'에 나오는 기쁠 열說=悅이 그것이고 '먼 데서 벗이 스스로 찾아오니 그 또한 즐겁지 아니한가[有朋自遠方來 不亦樂乎]'의 즐거울 낙樂이 그것이다. 합치면 '열락悅樂'이 된다.

인간에게 기뻐하고 즐거워하는 마음은 매우 중요한 마음이다. 아니, 삶의 핵심이고 기본이 되는 마음이다. 인간만 그런 것이 아니고 생명 가진 모든 존재가 지향하고 원하는 마음이다. 살아가는 데 원동력이 되기에 그러하다. 기뻐하는 마음과 즐거워하는 마음이 우리 삶의 질을 결정한다. 행복이란 것도 이 즐겁고 기쁜 마음이 불러오는 구체적인 한 현상에 지나지 않는다.

오늘날 사람들이 불안하다, 소외되었다, 우울하다, 살아가는 데 지쳤다, 그러는 것도 실은 즐겁고 기쁜 마음이 많지 않기 때문이다. 모름지기 기뻐하고 즐거워할 일이다. 억지로라도 그렇게 해야 할 일이고 연습을 통해서리도 기쁜 마음을 갖도록 노력해야 한다. 인간은 의외로 심정적인 존재이고 정서의 지배를 많이 받는 생명체이다. 마음의 노력과 마음의 방향을 그쪽으로 바꾸어야 한다.

그러면 도대체 어떻게 하여야 즐겁고 기쁜 마음이 된단 말인가? 긍정적인 마음이 우선 마련되어야 한다. 무슨 일이든지 좋게 보고 반듯하게 보아야 한다. 희망적으로 생각하는 마음이 있어야 한다. 부정적이고 삐딱한 마음으로 보면 세상만사가 삐딱하고 어둡게 마련이다. 그러기에 마음먹기가 중요하다고 말하는 것이다. 그다음으로는 가난한 마음을 가져야 한다. 가난한 마음이란 궁핍한 마음이 아니라 작은 것, 오래된 것, 흔한 것, 일상적인 것들을 사랑하고 아끼는 마음을 말한다.

이러한 마음은 나의 일이나 나의 문제에만 국한되지 않고 타인에게도 마찬가지로 적용되어야 한다. 타인을 대하거나 바라볼 때 긍정적으로 생각해주고 좋게 말해주고 좋게 대해주는 것이 또한 시급하다. 타인의 기쁨이나 즐거움을 망치고 방해하는 일은 될수록 삼가는 것이 좋겠다. 가능하면 밝은 면, 좋은 면을 보아주고 말해주려고 해야 한다.

가령, 인사를 할 때도 어디 아픈 게 아니냐? 안색이 좋지 않다, 그렇게 말하는 것은 결코 현명한 처사가 아니다.

지금 초등학교 3학년에 다니는 손자아이 어진이가 유아원에 다니던 때의 이야기다. "어진아, 어진아, 유아원에서 누가 제일 좋아?" "황 선생님." "왜 좋아?" "잘해주니까." 그렇다. 세 살 먹은 아이도 잘해주면 좋아하는 것이다. 남에게 잘해준다는 것! 이것은 매우 쉬운 일이면서도 어려운 일이다. 특히 가까운 가족이나 이웃이나 친지에게 잘해준다는 것이 어려운 일이다. 익숙한 사이고 편한 관계이기 때문에 소홀히 대하고 함부로 대할 수가 있다.

제발 그러지 말아야 한다. 무조건 잘해주려고 노력해야 한다. 행동 하나, 말 한마디도 조심하고 정성을 들여야 한다. 상대방의 기쁨과 즐거움이 결국은 나의 기쁨과 즐거움으로 돌아오게 되어 있다. 우리 표현에 '가는 말이 고와야 오는 말이 곱다'란 말이 있는데 이 말이 맞는 말이다. 내가 먼저 곱게 말해야 하고 내가 먼저 친절을 베풀어야 하는 것이다. 내 편에서 잘해주고 곱게 대해주면 흘러가는 흰 구름도 좋아할 것이고, 바람도 좋아할 것이고, 숲속 길의 나무나 새들까지도 좋아할 것이다. 그러면 그것이 나에게 기쁨과 즐거움으로 돌아올 것이다.

기쁨과 즐거움은 멀리에 있지 않다. 우리 가까이에 있다. 특별하지도 않다. 우리 생활 터전의 작은 것들 속에 숨어 있다. 그 반짝이는 것들을 찾아내기만 하면 된다. 그렇게 될 때 우리가 소원하는 행복이란 것도 저절로 이루어질 것이다. 기뻐하고 즐거워하라! 이야말로 성현의 가르침이요 우리 살아 있는 자들이 한순간도 잊지 말아야 할 삶의 명제인 것이다.

# 인생의 불행

옛날 성리학에서 말하는 '남자의 세 가지 불행'이란 것이 있다. 그 당시는 남성 중심 사회이기 때문에 남자의 세 가지 불행이라 했을 것이지만 오늘날은 그런 구별이 없으므로 그냥 '사람의 세 가지 불행'이라고 말해도 좋을 것이다.

첫째는 소년 고등과. 어린 나이에 일등으로 과거에 급제하는 것을 말한다. 이는 참으로 소망스러운 일이지만 뒤집어보거나 장기적으로 보면 그렇지 않을 수도 있다는 얘기다. 다른 사람보다 어린 나이에 과거에 1등으로 급제(합격)했으니 우월감이 대단할 것이다. 그 우월감이 평생을 지배하면서 그에게 불행감을 줄 수 있다는 것이다.

둘째는 부모 음덕蔭德으로 음직蔭職에 오르는 것. 주로 국가에 공을 세웠거나 높은 벼슬을 한 귀족이나 양반 자손들이 부모의 공적으로 벼슬을 하는 제도이다. 단지 조상의 공로로 실력도 없는 사람이 벼슬을 했으니 여러 가지로 불편할 수 있고 그것이 불행의 원인이 될 수도 있다는 일종의 경고이다.

셋째는 말을 잘하는데 글도 잘 쓰는 것. 이것은 선뜻 이해가 가지 않는 조항이다. 말을 잘하는 것이 메이저이고 글 잘 쓰는 것도 메이저인데 왜 그것이 불행이란 말인가? 그러나 답은 단순하다. 말을 잘하는 데다가 글까지 잘 쓰는 사람이고 보니 또래 가운데 무슨 일이든지 앞장설 수밖에 없었을 것이다. 그러니 불행해지게 된다는 결론이다. 특히 능력 있는 사람이 조심해서 살아야 한다는 교훈이겠다.

참 이것은 깊고도 아득한 선현의 가르침이다. 여기에 더하여 현대판 남자의 세 가지 불행(아니, 인간의 세 가지 불행)이 있다. 이 또한 마음 깊이 음미해볼 만한 조항들이다. 첫째는 소년출세. 어린 나이에 높은 자리에 오른 것이 불행의 원인이 된다는 말이다. 성리학 시절의 소년 고등과와 흡사한 조항이다.

둘째는 중년 망실(중년 망부). 중년의 나이에 배우자를 잃는 것을 말한다. 남자는 아내를 잃는 일이니까 망실亡室이고 여자는 남편을 잃으니까 망부亡夫가 된다. 자식을 하나나 둘 낳아서 키우던 처지에서 배우자를 잃는다면 그것이야말로 평생 극복하기 어려운 고난이 된다. 재혼해서 새 가정을 찾는다 해도 새로운 자녀가 태어남으로 많은 불행의 불씨가 생겨날 수 있다는 말이기도 하다. 그러므로 한번 결혼한 사람들은 어떡하든지 사랑하고 노력해서 오래 같이 살아야만 한다.

셋째는 노년 빈곤. 이것은 참 마음이 아픈 조항이다. 나이는 들고 몸은 늙었는데 돈까지 없으니 이 어찌 불행한 일이 아니겠는가. 그러므로 젊은 시절 노년을 대비하여 무언가를 비축하고 준비하는 삶의 태도가 절실하게 필요하다 하겠다. 인간은 누구나 늙은 사람이 되는 시절이 있다. 나에게는 그런 시절이 없다, 그렇게 단언하면서 살아서는 안 되는 일이다.

인간의 세 가지 불행. 예나 이제나 그 앞에서 망연자실 넋을 놓고 생각해보는 마음이 있다. 진정으로 좋은 인생은 후반부에 반전이 있는 인생이다. 전반부의 인생보다 후반부의 인생에 더 좋은 일이 있는 인생을 말한다. 부디 지상에서 좋은 인생을 누리시길 바란다.

# 밥과 흰 구름

'시는 밥이요 물이요 공기다.' 오랫동안 내가 해온 말이다. 시가 그만큼 나에게 소중하다는 뜻으로 한 말이다. 실상 나에게 시는 사치품이 아니라 실용품이다. 시 쓰는 일 또한 한가한 취미생활이 아니라 일상생활이다. 죽느냐 사느냐 그 선택의 문제였고 살아남기 위한 몸부림 그 자체였다.

실제로 시가 나에게 있었기에 수많은 삶의 위기를 그런대로 넘길 수 있었다. 특히 시는 감정의 피뢰침 역할을 해주었다. 그냥 구렁텅이에 빠질 뻔했을 때도 시가 있었기에 번번이 그 질곡에서 잘 헤어 나올 수 있었으니까 말이다.

그런 점에서 시는 나에게 실용품이고 생활필수품이다. 필요한 그 무엇이다. 유용한 그 무엇이다. 그건 정말로 그렇다. 세상의 그 어떤 것도 필요하고 유용한 것만이 가치가 있는 것이고 환영을 받는다. 그런 점에서는 사랑도 필요한 것이요 유용한 그 무엇이라고 나는 말한다.

여기서 잠시 생각을 다시금 정리해본다. 정말로 시는 필요한 것이기만 한가? 그것도 당장 필요한 것, 그러니까 밥이나 물이나 공기이기만 한가? 일단은 그렇다고 해두자. 그런데 길게 보면 꼭 그런 것만은 아닌 것 같다. 시는 당장 현실적으로만 필요한 것이 아니라 먼 미래에 더욱 필요한 것이 아닌가 한다.

사람이 살아가면서 우선 당장 필요한 것은 밥이다. 인간은 먹는 것이 해결되지 않으면 죽을 수밖에 없는 생명체이니까 그럴 것이다. 그렇지만 우리가 일생을 살면서 오직 밥만 해결하기 위해 산다고 하면 너무나 슬프고 쓸쓸한 이야기가 된다.

내가 다닌 학교는 사범학교였다. 사범학교를 다닐 때 한 학년 위 선배 가운데 S라는 선배가 있었다. 그림에 탁월한 재주가 있었다. 한국화를 잘 그렸다. 고등학생인데도 100호짜리 그림을 척척 그렸다. 선생님으로부터 장래가 촉망된다는 칭찬을 많이 들었다.

정해진 코스에 따라 그 선배도 초등학교 교사가 되었다. 초등학교 교사는 가난했다. 결혼해서 아이를 여럿 낳았는데 아이들이 원하는 것을 시원스럽게 사 먹이지 못하는 아빠가 되었다. 그때 서울 쪽의 사립학교에서 미술 교사 스카우트 제안이 왔다.

선배는 선뜻 그 제안을 받아들였다. 서울로 향하면서 선배의 생각이 그랬다. 내가 그림에 재주는 있지만 그 재주를 가지고 사립학교에서 아이들을 가르쳐 우리 자식들이 원하는 음식을 사 먹이고 옷을 사 입히면 그것도 좋은 일이라고. 그랬다. 선배의 꿈은 큰 냉장고 하나를 사서 거기에 소시지를 가득 채우고 자기 아이들에게 맘껏 먹이는 것이었다.

그래서 그 뒤는 어찌 되었나? 화가의 꿈은 사라지고 평범한 생활인이 남았을 뿐이다. 그러니까 장래에 촉망받는 화가 한 사람과 냉장고 하나, 거기에 가득한 소시지와 맞바꾼 셈이다. 생각해보면 그 선배의 재주가 참 아깝다.

그렇게 선배는 밥을 선택했다. 그러나 내 생각은 아니었다. 밥과 함께 흰 구름도 필요하다고 생각한다. 밥은 당장은 생명을 주지만 그 너머의 세상은 보장해주지 않는다. 그것으로 끝이다. 반면 흰 구름은 당장은 고달프고 효용성이 없어 보이지만 먼 그리움과 함께 대지에 비를 내려주고 축복을 약속한다.

이쯤에서 나의 생각은 조금 수정을 요한다. 시는 밥이기도 하지만 흰 구름이기도 하다. 때로는 더욱 많이 흰 구름이어야 한다. 인생은 의외로 지루하고 길다. 당장 눈앞에 주어진 밥만 보면서 살 수는 없는 일이다.

지금 여기에 없는 것, 보다 멀리 있는 것들을 소망하면서 사는 삶도 좋은 것이다. 영혼의 작업을 하는 나 같은 시인에겐 더 그렇다. 오늘날 젊은 세대들도 지나치게 목전의 밥만 염두에 두며 살지 말고 자기가 꿈꾸는 먼 하늘의 흰 구름을 가슴에 품고 살아갔으면 좋겠다는 생각을 해본다.

# 걱 정  인 형

　　사람의 감정에는 여러 가지가 있다. 그 감정을 나누어볼 때 좋은 감정, 나쁜 감정이 있을 수 있고 그것은 또 각각 따뜻한 감정, 차가운 감정이 될 것이다. 분노, 절망, 슬픔, 불안 같은 감정은 나쁜 감정일 것이고 기쁨, 감사, 사랑, 반가움 같은 감정은 좋은 감정일 것이다.

　　그러나 그 중간에 들어가는 감정들도 있다. 기다림, 안타까움, 아쉬움, 그리움 같은 감정들이다. 여기에 더하여 걱정은 분명히 감정이라고 하기도 어려운, 어중간한 마음의 상태라 하겠다. 살면서 겪어보니 이 걱정이 참 나쁜 마음의 상태였다.

　　대개 걱정은 그 대상이나 형태가 분명하지 않은 것이 특징이다. 그러기에 해결방책 또한 분명하지 않을 수밖에 없는 것이다. 걱정은 사람의 마음과 정신을 끊임없이 쉬지 못하게 닦달하면서 건드린다. 크게 건드리는 것도 아니고 자그맣게 미풍처럼 건드리는 게 더 성가시고 문제이다.

　　걱정은 사람으로 하여금 편안히 잠들지 못하게 하고 마

음 놓고 쉬지 못하도록 만든다. 그야말로 걱정은 자신도 모르는 사이 사람을 병들게 하고 드디어 그 사람을 쓰러뜨리는 무서운 적이다. 소리 없는 총을 가진 자이다. 옛날 시골집 천장에서 부시럭대던 생쥐처럼 성가시다.

나는 이런 걱정을 나름대로 세 가지로 나누어서 생각해 본다. 내가 걱정을 하면 분명히 해결될 걱정. 내가 아무리 걱정을 해도 해결되지 않는 걱정. 내버려두고 시간이 지나면 저절로 해결되는 걱정. 여기서 나에게 유효한 걱정은 물론 첫번의 걱정이다. 심각하게 뜨겁게 걱정을 하고 일단은 쉬면서 다른 일에 집중한다.

시간의 흐름과 함께 해결이 되면 되는 것이고 안 되면 안 되는 것이다. 그런데 우리 집에는 없는 걱정도 사서 하는 사람이 있다. 우리 집사람, 아내다. 마음이 약하고 소심하여 집안의 온갖 걱정을 혼자서 다 끌어안는다. 가장 큰 걱정거리는 남편인 나에 대한 걱정이겠고 그다음은 아이들에 대한 걱정이겠다.

이렇게 걱정이 많은 아내에게 어느 날 나는 걱정 인형을 사다 준 적이 있다. 백화점에 걱정 인형을 파는 가게가 있다고 해서 사온 인형이다. 걱정 인형은 매우 단순하고 아주 못생긴 인형이다. 철사로 허수아비 같은 사람 모형을 만들고 거기에 털실로 둘둘 감고 머리 위에 모자를 씌운 그런 인형이다.

걱정 인형은 두 팔과 다리를 벌리고 서 있는 형상이다. 걱정이 있다면 모두 다 내게 맡기시지요. 내가 당신의 걱정을 해결해드리겠습니다. 다만 당신은 편안하게 지내시기 바랍니다. 그런 표정이다. 내가 사온 걱정 인형은 하나가 아니고 여러 개이다. 그 걱정 인형들을 아내는 자기가 사용하는 공간 여기저기에 붙여놓았다. 부디 걱정 인형들에게 자기의 걱정들을 맡기고 편안하기를 바라는 마음에서다.

# 보리밥 인생

오래전의 일이다. 내가 공주로 직장을 옮겨서 살 때니까 삼십 대 중반쯤이었을 것이다. 나의 고향은 서천이다. 그런데 공주가 좋아서 청소년 시절 공주에 살고 싶다는 소원을 세웠고 나이가 들어 그 소원을 이루기 위해 공주로 직장을 옮기고 이사 와 살 때의 일이다.

다시 시작한 인생이었다. 무엇이든 열심히 하고 싶었다. 직장생활도 열심히 하고 싶었고 사회생활도 열심히 하고 싶었다. 학교근무가 끝나면 가끔 문학단체에도 나가 일을 하기도 했다. 그런 나를 주변에서 부정적으로 바라보는 사람들이 있었던가 보다.

어느 날 저녁 시간, 상가에서였다. 평소 얼굴만 알고 지내던 선배 한 사람이 나에게 말을 던졌다. 불쑥 던지는 말이었다. "내가 보기에 나 선생은 보리밥인데 왜 쌀밥 행세하고 그래?" 그것은 심한 모욕의 말이었고 비난의 말이었다. 예부터 타관을 탄다는 말이 있는데 서천 사람인 내가 공주에 와서 타관을 탄 것이다.

보리밥? 나더러 보리밥이라고? 그래, 나는 보리밥이다, 왜? 나는 보리밥이라도 좋다. 나는 보리밥이니까 앞으로도 보리밥으로 살면 될 것이 아닌가! 그것은 하나의 오기 같은 것이었고 결심이기도 했다. 그런 오기와 결심이 오래도록 나를 이끌었다.

이제 공주 사회에서는 그 누구도 나더러 서천 사람이 왜 공주에 와서 공주 사람 행세를 하느냐고 말하지 않는다. 나더러 보리밥이라고 비난하지도 않는다. 공주문화원장을 8년이나 한 사람이고 공주를 가장 많이 사랑하는 사람으로서 공주 제일주의자 가운데 한 사람인 것을 공주 사람들이 알고 있기 때문이다.

앞으로도 나는 보리밥으로서의 나의 인생을 고쳐서 쌀밥 인생으로 살려고 하지 않을 것이다. 어디까지나 나는 보리밥이고 나의 인생은 보리밥 인생이다.

# 두 가지의 악몽

사람은 자면서 꿈을 꾼다. 깨어 있을 때의 세상이 아닌
잠들었을 때의 세상이다. 무의식의 세상, 또 하나의 세상이
다. 꿈은 허황되고 비현실적인 것이 특징이다. 그뿐만 아니
라 잠을 깨고 나면 깡그리 잊거나 많은 부분 지워지게 마련
인 것이 꿈이다.

그런데 나에겐 깨고 나서도 선명하게 기억에 남는 두 종
류의 꿈이 있다. 즐겁고 신비하고 좋은 느낌이 드는 꿈이
아니라 괴롭고 답답하고 애달픈 심정을 주는 그런 꿈이다.
이른바 악몽이다. 그것도 과거 젊은 시절에 관한 것과 교직
생활 때의 것이다.

어쩌면 내 젊은 시절과 교직 생활에서의 낭떠러지와 옹
이가 그 부분에 있었던가 모르겠다. 번번이 그런 꿈을 꾸게
되면 괴로움에 몸부림치다가 어렵게 잠에서 깨어 일어나
현실이 꿈과 다름을 스스로 확인하고 안심하는 마음으로
다시 잠을 청하곤 한다.

우선, 나는 꿈속에서 결혼을 하지 못한 총각으로 출연한

46

다. 30을 지나고 40을 지나고 50을 넘겼는데도 아직 결혼을 하지 못한 총각이다. 아, 이러다가는 결혼도 하지 못하고 60살 환갑 나이가 되는 게 아닌가, 그런 생각에 마음이 아릿하게 아파온다. 그 아픔은 점점 고조되어온다.

가슴을 쥐어짜는 아픔이 온다. 몸부림을 친다. 그러다가 어렵게 어렵게 잠과 꿈의 구렁텅이에서 빠져나온다. 후유, 숨을 쉬면서 자리에서 일어나 앉는다. 꿈에서 현실로 돌아온다. 여기가 어딘가? 아, 내 방이구나. 지금 나는? 자면서 꿈을 꾸었구나. 그러면? 아, 나는 내 방에서 혼자서 자고 있었고 아내는 안방에서 잠을 자고 있겠구나. 늙은 아내. 늙은 아내가 그렇게 고마울 수가 없다. 나에게는 이미 결혼하여 가정을 이룬 두 아이들도 있지.

그다음의 꿈은 교직 생활 가운데 교장으로 승진하지 못하여 마음이 아픈 꿈이다. 일단 나는 꿈속에서 교감으로 근무하는 선생이다. 다들 교장으로 승진하는데 왜 나만 하지 못하는 걸까? 그러다가 꿈속의 나는 교장승진이 비교적 수월하다는 경기도로 전출을 한다. 가족까지 대동하고 하는 전출이다.

흐릿한 흑백필름 속 방 안에서 식사를 하고 있다. 앞에 둥근 밥상이 놓여 있고 식물성 반찬이 몇 가지 마련되어 있다. 분명하지는 않지만 어둠 속 어딘가에 아내가 있고 어린 두 아이가 있다. 날은 어두웠는데 불도 밝히지 않았다. 아,

이렇게 가난하게 살았고 가족들 고생시키면서까지 경기도로 전근을 왔는데 그래 교장으로 승진을 못 하고 정년퇴직을 한단 말인가. 따져보니 정년이 2년밖에 남지 않았다.

이걸 어쩌나. 언제 교장연수를 받고 언제 발령을 받고 언제 교장 노릇을 해보나? 선생이 된 것은 그래도 말년에 교장이라도 한번 해보고 싶어서 그런 것이 아니던가! 마음이 아파오기 시작한다. 그것은 마치 밀물과 같고 날이 저문 창가에 일렁이는 어둠과 같다. 나를 둘러싸고 감싸 안는다. 아프다 못해 가슴이 저려온다. 아, 아, 숨을 몰아쉬다가 또다시 어렵사리 잠에서 헤어 나온다.

아, 내가 또다시 악몽에 시달렸나 보다. 어떤 땐 온몸이 땀에 젖기도 한다. 다시금 현실의 나를 헤아려본다. 때가 되어 정년퇴임을 한 나. 교장으로 승진하여 8년 동안 교장으로 근무한 나. 그렇지. 나는 세 학교에서나 교장으로 일했지. 안심이다, 안심이야. 그러면 다시 잠을 자야지, 그렇게 해서 다시 잠을 청하기도 한다.

# 반면교사

애당초 사람은 교육에 의해서만 사람이 되는 존재다. 선대의 유산을 배우고 익힘으로 자신의 삶을 보다 윤택하게 바르게 좋은 쪽으로 이끈다. 교육이야말로 인간의 필수요건이고 삶의 최종 목표이기도 하다. 배운 대로 말하고 생각하고 배운 대로 행동하며 사는 게 인간이다. 주로 책으로 배우지만 눈으로 보고서도 배우고 귀로 듣고서도 배운다.

어쩌면 책이나 지식으로 배우는 것보다도 행동으로 실생활로 배우는 배움이 더 강력하고 광범위한 배움일지 모른다. 그런 말이 있다. '사람은 하라는 대로는 하지 않지만 본 대로는 한다.' 말하자면 말로써 책으로 지식으로 배우는 것보다도 스스로 본 대로 느끼면서 행동으로 배우는 배움이 더 중요하다는 말일 것이다.

이렇게 선대의 것을 보고 듣고 읽고 해서 배우는 것을 정면교사라고 한다. 여기에 짝하여 반면교사란 말도 있다. 듣기로는 중국의 문화혁명 때 마오쩌둥이 처음 사용했다고 한다. 본래는 '다른 사람이나 사물의 부정적인 측면에서 가르침을 얻는다는 뜻'이다. 그렇지만 나는 이 말을 거기에 한정시키지 않고 '선대로부터 내려오는 그대로를 답습하지 않고 그것을 되짚어 새롭게 고쳐서 산다는 뜻'으로 생각하고 싶다.

여기에 시집살이를 호되게 겪은 며느리가 있다고 하자. 그 며느리가 다음에 시어머니가 되면 자기가 며느리 시절에 겪은 그대로를 새로 들어온 며느리에게 겪게 한다. 악습이고 나쁜 전승이다. 옛것 가운데에서 좋은 것을 그대로 본받아 따르는 일은 좋은 일이다. 하지만 나쁜 일까지 그대로 따르는 것은 결코 좋은 일이 아니다. 대오 각성하여 고쳐야 하고 바꾸어야 한다.

선배들이 그랬으니 나도 그대로 하면 된다는 식의 접근 방식은 매우 안일하고 비생산적이며 발전 없는 삶이다. 나는 말하고 싶다. 내가 보수적인 사람이라면 남에게 나누어 줄 줄 알고, 베풀 줄 알고, 낮아질 줄 알아야 한다. 그것이 진정한 보수의 자세다. 더불어 내가 진보적인 사람이라면 보다 부드러워지고, 보다 긍정적이고, 보다 미래지향적인 안목을 가져야 한다. 그것이 또한 좋은 진보의 본분이다.

나는 교직 생활과 문단 생활을 더불어 하면서 젊은 시절을 보낸 사람이다. 교직에서도 문단에서도 나에겐 선배들이 있었는데 내가 겪은 대부분의 선배들은 후배들에게 베풀기보다는 대접받기를 원했고 주기보다는 받기를 좋아했

50

다. 그로 해서 젊은 시절 가난한 나는 더욱 가난해야만 했고 더욱 주눅이 들어야만 했다. 이래서 쓰겠는가. 나는 나이를 보태면서 생각을 달리했다.

반면교사의 삶이 그것이다. 거기서 나온 나의 삶의 지표가 바로 '욕 안 얻어먹기와 밥 안 얻어먹기'다. 그 두 가지만 제대로 지켜도 인생은 되돌아보아 부끄러운 부분이 많이 줄어들겠지 싶다. 교직 생활 중 교감으로 승진한 이후엔 절대로 후배 교사나 아랫사람들에게서 술이나 밥을 얻어먹지 않으려고 노력했고 또 얻어먹었다 하면 갚으려고 애를 썼다. 그것은 문단 생활에서도 마찬가지.

젊은 시절 나는 문학상을 타지 못해 애를 많이 먹은 사람이다. 시골에 사는 나에게까지 상이 오려면 길이 멀어 힘들었다. 문학상이란 것도 인간의 일이기에 지면知面의 관계, 현실적 이해관계가 주요하게 작용한다. 그런 걸 알면서도 상이 늦거나 아예 차례가 오지 않으면 속이 상했다. 특히 또래가 상을 받을 땐 속이 뒤집히도록 상했다.

그래도 나는 시골 문인치고는 전국권으로 주는 상을 여러 개 받은 일이 있는 사람이다. 이제는 나이도 많고 상도 받을 만큼 받았으니 이만하면 족하겠지 싶다. 그래서 바뀐 생각이 '상을 받는 사람에서 상을 주는 사람이 되자'였다. 그렇게 하여 만든 것이 풀꽃문학상이고 해외풀꽃시인상이다. 그리고 지난해(2018년)부터는 공주문학상도 새롭게 시

작했다. 풀꽃문학상은 공주시의 출연으로 하지만 해외풀꽃
시인상과 공주문학상은 오로지 내 개인의 주머니를 털어서
한다.

나아가 4년 동안 내 고향 서천문화원 사람들과 협조하여
서천 출신의 큰 시인인 신석초 선생 이름을 따서 신석초문
학상을 제정하기도 했다. 다행히 최근에는 서천군에서 예
산이 잡혀 그 돈으로 문학상을 정상적으로 시상할 수 있게
되었으니 얼마나 다행스러운 일인지 모른다.

나이 들어서 나는 받는 기쁨보다도 주는 기쁨이 더욱 크
고 좋다는 것을 아는 사람이 되었다. 다행스러운 일이고 감
사한 마음이다. 이것도 실은 어려서 외할머니로부터 받은
하나의 문화적 유산이다. 그러고 보니 외할머니는 나에게
반면교사보다는 정면교사가 되셨던 분이라 하겠다.

# 아 버 지 들 을  위 하 여

세상에는 아버지란 어설픈 이름이 있다. 너른 바다 위에
떠다니는 거룻배 같은 이름. 그 어떤 이름보다도 크고 힘겨
운 이름. 그 이름 앞에서 당당한 사람 누가 있을까? 내가 아
들이었을 때나 내가 아버지였을 때 가장 무겁고 피하고
싶었던 이름. 어쩔 수 없이 맞닥뜨려야만 했던 이름.

처음부터 그는 우뚝하고 단단하여 어떠한 비바람에도
무너지지 않는 견고한 성채여야만 했다. 거세게 흐르는 범
람 속에서도 오로지 그는 버티고 선 그 자리 물러서지 않는
단단한 돌덩어리여야만 했다. 눈물 같은 것과는 인연이 멀
었고 한숨하고도 멀리 둥지를 틀어야 했다.

무슨 일이든 앞장서서 어려운 일들을 알아서 해결하는
사람이어야만 했다. 봉사와 희생과 노역은 당연한 그의 몫.
그런 만큼 옛날의 아버지들에게는 최우선의 섬김이 허락되
었다. 그러나 오늘날 그 이름의 실상은 어떠한가? 좁아질
대로 좁아진 아버지들의 어깨. 힘이 빠져 후줄근해진 뒷모
습. 우선적 섬김도 없는 봉사와 희생과 노역만의 강요. 차

라리 벗어버리고 싶은 짐짝.

언제부턴가 젊은 아버지를 바라보는 마음이 편치 않았다. 차라리 서글프기까지 하다. 아버지들아. 세상의 아버지들아. 일어나서 제자리를 찾아서 가시라. 누구도 알려줄 수 없는 그 자리. 아버지의 자리를 찾아서 가라. 아내들이여. 세상의 자식들이여. 아버지에게 눈물 흘릴 수 있는 권리를 주자. 한숨 쉴 수 있는 여유와 자리도 빌려주자.

그리하여 아버지와 함께 발걸음 맞춰 앞으로 나아가자. 마음의 들판을 열자. 그러할 때 세상의 아버지들 덜 외롭고 덜 고달프고 우리들 세상도 조금씩 밝아오는 세상이 될 것이다. 그것을 믿는다.

# 인연의 무게

사람이 살다 보면 인연이란 것이 생기게 마련이다. 급하게 말하자면 인간관계, 그것이 인연이다. 좋고, 싫고, 만나고 싶고, 친하게 지내고 싶은 모든 인간관계가 인연이다. 살아온 날들이 많으니 나에게도 인연이 깊은 사람이 많다. 많아도 아주 많다.

그 가운데는 여성들도 여럿 있다. 나도 남자인데 살아오면서 이모저모로 좋아했던 여성이 어찌 없었을까. 본디 사람을 좋아하기도 하거니와 외로움을 잘 타는 성격이고 또 시를 쓰는 사람인지라 특히 여성들과 친하게 지내며 살아왔다. 여성들의 도움은 시 쓰는 나에게 매우 많은 영향을 주었다. 시심 자체가 여성한테서 오는 경우가 많았다.

하지만 나는 여성들과 친하게 지내더라도 격하게 친하게 지내지 않으려고 노력했다. 좋아할 만큼만 좋아하고 어느 만큼 거리를 두는 것이 내가 여성들과 사귀는 방법이었다. 에로스니 아가페니 필리아니 그런 서양식 분별을 빌리지 않더라도 내가 여성들과 친하게 지내온 것은 우정이 많이 가미된 쪽의 인간관계가 아니었나 싶다.

서로 좋아하면서 사귀더라도 내 고집대로 하지 않았고, 그쪽의 의사를 충분히 존중하려고 노력했으며, 서로가 소원한 관계가 되고 시쳇말로 헤어지는 대목에 이른다 해도 나보다는 저쪽의 입장이나 주장을 따르려고 했다.

그 결과 어디만큼 일정한 마음의 거리를 두고 세워놓은 사람들이 여럿 있다. 좋아하는 마음을 그대로 남겨둔 채로 말이다. 막가는 방법으로 작별하지 않고 어정쩡한 상태에서 소원해진 사람들이라 그럴 것이다. 지금이라도 연락하면 대번에 연락이 닿는 인간관계다. 다만 한 시절의 고운 우정으로 기억되는 여성들이다.

그런데 참 이상도 한 일이다. 그런 여성들이 이제는 전혀 그립지도 않고 보고 싶지도 않은 것이다. 하얀 백지상태라 그럴까. 차라리 모르는 사람들보다도 의미가 없다. 한때는 가슴이 울렁거리고 보고 싶기도 하고 삶의 이유라고 여겼던 사람들이다. 이름만 들어도 따스한 느낌이 들던 사람들이다. 내 시의 근원이 되기도 했던 여성들이다.

그런데도 이제는 모르는 사람보다도 못하다니! 인간의 삶에서 시간이 얼마나 중요하게 작용하는가를 여실히 보여주는 사례다. 아무리 진한 감정이라 해도 30년쯤이면 흐려지고 잊히고 만다는 사실. 어찌 보면 그것은 신이 주신 은혜인지도 모르겠다.

장력張力이란 것이 있다. 물체와 물체끼리 서로 끌어당기는 힘, 영어로는 텐션tension을 말한다. 가령 콘크리트 벽에 못이 박혀 있다고 할 때 못과 벽이 서로 붙잡고 있는 힘이 장력이다. 그러나 건물이 오래가고 못이 녹슬게 되면 그렇게 강력하게 박혀 있던 못도 빠지게 된다.

사람의 기억이나 느낌도 마찬가지다. 세월이 가면 망각이 오게 되어 있다. 장력이 떨어지는 것이다. 망각의 고마움이여. 인간의 인연이란 것이 이렇게도 헐겁고 가치 없는 것이구나. 한때는 평생을 잊지 않겠노라 맹세를 두었던 사이다. 인생살이의 허무함이여. 인연의 가벼움이여. 인연의 무게란 도대체 얼마만큼이란 말인가.

# 인생은 병렬이다

어떻게 사는 인생이 정말로 좋은 인생일까? 딱히 해답은 없다. 있다면 사람마다 다른 해답이 나오지 싶다. 젊은 시절 나는 이 문제에 대해 잠시 고민을 해본 적이 있다. 자라기를 시골에서 자랐고 농사짓는 아버지를 보아왔다.

겨울이 가고 날이 풀려 봄이 오면 아버지는 들로 밭으로 나가 바쁘게 일을 하셨다. 묵는 땅을 일구고 씨앗을 심는 일이 바로 그 일이다. 아버지가 씨앗을 심는 것은 농작물에 따라 시기가 있었겠지만 내 눈으로 보기에는 빈 땅이면 어디든 비집고 씨앗을 묻는 것 같았다.

곡식도 심고 채소도 심었다. 그런 뒤 때가 되면 이것도 거두고 저것도 거두었다. 그렇구나. 거기서 나는 나름대로 해답을 얻었다. 인생이란 직렬이 아니고 병렬이라는 것! 1.5볼트짜리 전구 두 개를 직선으로 이어 3볼트짜리 불을 밝히는 것을 직렬이라고 하면 옆으로 이어 1.5볼트짜리 불을 켜는 것이 병렬이다.

인생도 한 줄로만 가면 안 된다. 두 줄로도 가고 세 줄로도 갈 수 있어야 한다. 특히 젊은 시절엔 이 일도 시도해보고 저 일도 시도해보면서 정말로 자기에게 맞는 일이 무엇인가 알아보도록 노력해야 한다. 그런 뒤에 자기만의 전공 분야를 찾아야 한다.

가령 과거의 나처럼 학교에서 교사로 일하는 사람이라고 한다면 오로지 학교 교직에만 몰두하지 말고 가정생활, 사회생활, 취미생활에도 신경을 쓰면서 가능한 한 시간을 나누어주면서 살아가는 게 좋겠다. 그것이 바로 인생을 직렬이 아니라 병렬로 살아가는 방법이다.

이 땅의 착하신 농부들이 봄철에 씨를 뿌린 농작물들을 시기에 따라 한 가지씩 수확하듯이 우리의 인생도 때가 되면 차례대로 수확하는 일들이 생길 것이다. 그렇게 되면 훨씬 인생은 여유롭고 풍요로워질 것이다. 지나치게 외통수 인생으로 살지 말자. 될수록 너그러운 마음으로 인생을 바라보면서 살아볼 일이다.

# 살아간다는 것

주변에서 사람들이 세상을 살아가는 모습을 살피면 대략 두 가지 유형이 있어 보인다. 하나는 되는 대로 살아가는 유형이고 또 하나는 억지로라도 애쓰면서 살아가는 유형이다. 앞의 유형이 살아지는 대로 사는 삶이라면 뒤의 유형은 살아가는 대로 사는 삶이다.

살아지는 대로 사는 삶은 본인의 의지나 노력이나 그런 것보다는 외부적 조건에 따라 편하게 따라가며 살아가는 삶이다. 이에 비하여 살아가는 삶은 스스로 방향성을 갖고 자신의 삶의 목표를 세워 그대로 사는 삶이다. 언뜻 보기로는 앞의 삶이 훨씬 자연스러워 보이고 뒤의 삶이 억지스러워 보일 수도 있겠다.

하지만 장기적으로 두고 보면 두 가지 삶은 크게 차이가 난다. 삶이란 것은 하나의 조형물이나 예술품과 같다. 재료는 다 같은 일생이지만 그 재료를 다루는 사람에 따라 전혀 다른 작품이 나오게 되어 있다. 결과적으로 볼 때 살아가는 삶이 훨씬 좋은 결과를 가져온다는 말이다.

바로 이것이다. 살아가는 대로 사는 삶은 자기가 자기 인생의 주인이 되는 삶이다. 세상에 부림을 당하지 않는 삶이고 환경이나 외부적 조건에 크게 흔들리지 않는 삶이다. 일이 잘 안 되었을 때에도 자기의 노력이 부족해서 그렇다고 생각한다. 기다리면 언젠가는 좋은 기회가 올 것이라고 여기며 기다릴 줄 아는 삶이다.

그렇게 사는 사람에게는 끝내 기회가 오게 되어 있다. 늦더라도 좋은 결과가 나오도록 되어 있다. 인생살이에서는 의무나 책임이란 것도 필요한 것이고 좋은 것이다. 처음엔 싫고 성가시고 피하고 싶었을 것이다. 그러나 의도를 가지고 계속해서 해나가다 보면 성과가 나오고 작더라도 보답이 있게 마련이다. 거기서 보람도 있고 기쁨도 생길 것이다.

억지로라도 해본다는 것. 끝까지 포기하지 않고 계속한다는 것. 그것은 인생살이에서 필요한 덕목이고 좋은 일이다. 문제는 방향성이고 목표다. 자기에게 맞는 방향을 정하고 자기에게 알맞은 목표를 세우는 일이 중요하다. 그러면서 천천히 끝까지 그 일을 밀고 나가는 것이다. 이것은 실은 젊은이들에게 들려주고 싶은 말이다.

살아지는 삶이 수동적인 삶이라면 살아가는 삶은 능동적인 삶이다. 어떻게든 살아내야 하는 의지적인 삶이다. 이런 삶은 젊은 세대들한테 더욱 요구되는 삶이다. 어찌 내좋은 일, 내 하고 싶은 일만 하면서 산단 말인가. 봄이 왔으니 땅을 일구고 씨앗을 심어야 한다. 공부하고 일하고 노력해야 한다는 말이다.

그러나 그 결과는 늙은 사람이 된 다음에 나타날 것이다. 젊은 시절부터 살아가는 인생을 살아온 사람은 늙은 사람이 되었을 때, 살아지는 인생을 산 사람과는 전혀 다른 인생 앞에 서게 될 것이다. 우선 성과가 많을 것이다. 아직도 해야 할 일이 많을 것이다. 그래서 그는 여전히 바쁜 사람이 될 것이고 생산적인 사람으로 남게 될 것이다.

자기가 하고 싶어서 하는 일도 있겠지만 해야 하니까 하는 일도 있다. 해야 하기 때문에 하다가 보면 그 일의 전문가가 될 수도 있는 일이다. 그는 자기가 꿈꾸고 소망하는 인생을 현실에서 만나게 될 것이다. 그가 그 인생의 주인공으로 살기 때문에 그런 것이다.

나는 하기 싫지만 날마다 책을 읽고 글을 쓴다. 억지로 의무감으로 그렇게 한다. 그러다 보니 책 읽는 사람이 되었고 글 쓰는 사람이 되었다. 살아지는 사람으로 살 것인가? 살아가는 사람으로 살 것인가? 그것은 오로지 자신의 선택에 달린 문제다.

# 메멘토 모리

메멘토 모리memento mori. 라틴어. 그 뜻은 '죽음을 기억하라', '언젠가는 너도 죽는다'이다. 옛날 로마 시대 전쟁에서 승리하고 돌아오는 장군의 개선 행사에서 노예를 시켜 행렬 뒤에서 소리 높여 외치게 했다는 말이다. 자칫 오만해지기 쉬운 인간의 어리석음을 경고하기 위한 장치였을 것이다.

죽음을 기억하라! 언젠가는 너도 죽는다! 참으로 섬찟한 지적이고 가르침이다. 톨스토이는 그의 필생의 화두로서 '성장成長'을 들었다. 그러고는 다시 하위개념으로 '소통疏通'과 '몰입沒入'과 '죽음을 기억하는 삶'을 들었다. 여기서 세 번째 주제인 '죽음을 기억하는 삶'이 바로 메멘토 모리와 연결되어 있다.

죽음을 기억하면서 사는 사람의 삶은 그렇지 않은 사람의 삶과 무언가 달라도 많이 다를 것이다. 미래에 대해서 준비하면서 살 것이고, 조금이라도 아름답게 성실하게 열심히 살려고 노력할 것이고, 무엇보다도 순간순간을 소중히 여기며 살 것이고, 거짓 없이 살려고 애쓸 것이다. 그러므로 사는 일이 탱글탱글 싱싱해질 것이다.

바로 이것이다. 그런데 오늘날 우리는 자기가 영원히 죽지 않고 사는 생명인 것처럼 여기며 산다. 삶은 어디까지나 죽음의 대응으로서 삶이다. 어딘가 기다리는 죽음이 있기에 우리 인생은 진정 아름답고 의미 있고 숭고하기까지 한 것이다. 이것을 부디 우리는 잊지 말아야 한다.

요즘의 기술은 조화를 어떻게나 정교하게 잘 만드는지 생화보다도 더 생화처럼 만든다. 어떤 때는 정말로 생화가 아닌가 속기까지 한다. 그러나 아무리 생화처럼 아름답게 감쪽같이 잘 만든 조화라 하더라도 손으로 만져보면 대번에 그것이 생화인지 조화인지 알게 된다. 시각이 판별해내지 못하는 것을 촉각이 해내는 것이다.

무엇보다도 생화는 손으로 만질 때 촉촉한 수분의 느낌이 있다. 바로 그 수분의 느낌이 생명의 느낌이고 생명의 실체인 것이다. 그러나 우리는 여기서 또다시 잊지 말아야 한다. 왜 조화보다 생화가 아름답고 의미가 있는가. 언젠가는 시드는 꽃이기에 그러한 것이다.

우리도 꽃이다. 꽃이지만 언젠가는 시드는 꽃이다. 그렇기 때문에 우리는 아름답고 싱싱하게 또 순간순간 반짝이도록 열심히 최선을 다하면서 살아야 한다. 메멘토 모리. 죽음을 기억하라. 그 말은 오늘도 우리의 귓전에 입을 대고 작은 소리로 속삭인다. 겸손하라. 준비하라. 조심하라. 그리고 관대하라.

# 우리는 행복한가

인간이 세상을 살면서 가장 관심을 갖고 귀하게 여기는 것은 무얼까? 재물, 건강, 명예, 권력 등 여러 가지가 있을 것이다. 흔히들 '의식주행'이라 했으니 음식이나 옷이나 집이나 자동차가 그것이 될 수도 있겠다. 그러기에 사람들은 그러한 것들을 얻기 위해서 날마다 수고하고 고뇌하고 애쓰며 산다. 삶의 전체가 오직 그것들을 얻기 위한 투쟁 과정인 것처럼 여기는 경우도 많다.

그러나 우리네 인생이 과연 그러한가? 인생의 진정한 목표는 무엇이고 우리는 무엇을 위해서 살고 있으며 또 살아야 하나? 공통분모, 다 같이 동의해줄 항목을 찾는다면 아마도 그것은 행복이 될 것이다. 그러하다. 앞에 든 재물이나 건강, 명예나 권력도 행복을 위한 전제조건일 뿐이고 의식주행까지도 행복으로 가는 징검다리일 따름이다.

정말로 그러하다. 우리네 삶의 최종 목표는 행복이고 모든 삶의 행위들은 행복을 이루기 위한 준비 과정일 따름이다. 그것은 종교에서도 마찬가지라서 기복신앙이란 것이 어떤 종교든지 마찬가지로 중요시된다. 애당초 우리는 그것을 알아야 했고 진즉부터 그것을 위한 고려가 있어야 했다. 그런데 우리의 행복 수준은 어떠한가? OECD 국가 가운데 청소년들의 행복지수는 가장 낮고 그에 비해 자살률은 세계에서 가장 높다는 데에 문제가 있다.

경제지수로 볼 때 우리나라는 세계에서 10위권 안팎에 드는 막강한 나라다. 정말로 놀라운 일이지 않은가! 국토가 분단된 나라, 남북 간 대립이 심각한 나라. 몇십 년 전만 해도 가난한 나라 가운데 하나였던 우리나라다. 그런데 갑자기 잘사는 나라가 되었다. 국민 모두 노력하고 애쓴 결과다. 가끔 문학 강연장에 나가 자기 집에 자동차가 없는 사람 손 들어보라면 손드는 사람이 없는 대신, 자동차가 두 대 이상인 사람 손들어보라면 여러 사람이 손을 드는 것을 발견한다. 이게 기적이 아닌가?

그런데 이러한 기적을 기적으로 받아들이지 않는 데에 문제가 있다. 사람들의 생각과 시선이 이미 딴 곳으로 가 있는 것이다. 더 높은 곳으로, 더 먼 곳으로 가 있고 자신보다는 타인에게로 가 있는 것이다. 이것이 문제다. 보다 더 높은 곳, 보다 더 먼 곳만을 지향하다 보니 피곤하고 지치고 짜증이 나는 것이다. 다른 사람들 예쁘고 잘난 것, 잘사는 것만 보다 보니 우울해지고 힘들어지는 것이다. 분명 사는 형편은 예전보다 좋아졌는데 오늘의 한국인에게는 예전보다 파이팅이 부족하고 열정이나 호기심이 많이 떨어진다는 것이 사실이다.

그래서 우울한 것이고 불행감이 늘어나는 것이고 자살이라는 인생 최후 수단까지 동원되는 것이다. 티베트의 정신적 지도자이며 국가수반인 달라이 라마는 말했다. "한국인 부유한 것 맞다. 그러나 행복하지는 않은 것 같다." 이 얼마나 적확한 진단이며 우리로서는 뼈아픈 충고인가. 이러한 충고를 이제부터 진심 어린 심정으로 받아들이고 자기 점검을 하고 대오 각성하는 계기가 있어야 하겠다.

행복? 행복이란 도대체 어떠한 것인가? 무엇이 진정 행복이란 말인가? 행복은 물질에만 있지 않다. 물질은 행복의 기초이고 전제조건이지만 충분조건은 결코 아니란 것을 우리는 알고 있다.


저녁때
돌아갈 집이 있다는 것


힘들 때
마음속으로 생각할 사람 있다는 것


외로울 때
혼자서 부를 노래 있다는 것.

—「행복」전문

    생각해보면 우리는 모두 행복한 사람들이다. 행복의 조
건인 '집'과 '사람'과 '노래'를 이미 갖추고 있는 사람들이
기에 그러하다. 사람은 누구나 취약한 때가 있다. 하루를
기준 삼아 본다면 '저녁때'이고 좀 더 길게 시간을 잡아서
보면 '힘든 때'이다. 그러할 때 돌아갈 집이 있고 마음속으
로 생각할 사람이 있다는 것은 그것만으로도 마음 따뜻한
일이고 축복받은 일이 된다. 더욱이 '외로울 때'에 혼자서
부를 노래까지 있다면 우리는 다시금 행복한 사람들이 되
는 것이다. 혼자서만 불행하다고 고집부릴 일이 아니다.

# 지지받는 삶

나의 이력 가운데 특별한 것은 문화원장에 관한 것이다. 교직 생활 43년에 문단 생활 50년이 나의 일생을 대변해주는 이력인데 8년 동안의 문화원장 이력은 매우 이색적인 것이다. 나로서도 예전에 생각하지 못했던 일이다. 다만 공주로 주소를 옮긴 이래, 공주문화원에 자주 드나들면서 문화원의 일을 거들어주고 문화원 가족들과 가까이 지낸 일이 있을 뿐이었다.

교직정년을 마치고 집에서 쉬고 있던 2009년이었다. 더구나 나는 중병을 앓고 난 뒤라서 조용히 지내면서 몸의 건강을 돌보던 참이었다. 문화원장 선거에 나가보라는 몇몇 이웃들의 권유가 있었다. 특히 임기를 마치는 전임 문화원장의 권유는 강력한 힘을 발휘했다. 그럼 한번 나서볼까? 그래서 문화원장 선거에 입후보하고 조용히 선거운동을 했다.

의외로 문화원장이 선출직이라는 사실을 아는 사람은 그다지 많지 않다. 그것도 문화원 회원들이 선출하는 '교황 선출방식'의 선출직이다. 어쨌든 나는 그런 선출방식에 의해서 문화원장에 선출되었다. 그것도 한 번만 된 것이 아니라 재선이 되어 8년을 문화원장의 일을 보았고, 그사이에 충남문화원연합회의 회장 일까지 보았다. 이 또한 선출직이다.

어쨌든 문화원장의 이력은 나에게 특별한 것이다. 처음 문화원장에 나설 때 나는 이런 말을 한 적이 있다. '내가 공주문화원을 필요로 해서 원장이 되는 것이 아니라 공주문화원이 나를 필요로 해서 원장이 되는 것이다.' 이 말을 했을 때 이웃들은 나에게 주의를 주었다. 그렇게 말하면 선거에서도 불리하고 또 사람들이 오만하게 본다고 만류하기도 했다. 하지만 나는 그 말을 굳이 거두어들이지 않았다.

오히려 더 자주 그 말을 했을뿐더러 8년 내내 문화원장 직에 있는 동안에도 그 말을 가슴 깊이 새기면서 일했다. 그렇지 않은가? 내가 필요로 하는 자리(일터)가 아니라 자리(일터)가 필요로 하는 내가 되어야 옳지 않겠는가! 이 생각은 지금도 여전히 나에게 유효하다. 필요한 사람, 필요한 이웃, 필요한 친구가 내가 꿈꾸는 나의 모습이다. 또한 필요한 시, 필요한 시인이 내가 꿈꾸는 시와 시인의 자리다.

아주 오래전이라고 기억된다. 고등학교 시절이니까 1961년의 일이다. 미국의 케네디 대통령이 취임하면서 한 말이 있다. '국가가 나를 위해서 무슨 일을 해줄 것인가를 생각하지 말고 내가 국가를 위해서 무슨 일을 할 것인가를 생각하자.' 어린 마음에도 이 말은 매우 신선하고 아름답게 가슴에 새겨졌다. 그 이후로 나는 내가 저쪽을 필요로 하는 사람이기보다는 저쪽이 나를 필요로 하는 사람이 되자는 생각을 하면서 살았다.

이것은 매우 소중한 생각이고 상호 간 도움이 되는 생각이다. 문화원장 8년 동안에도 나는 이 생각을 가슴에서 떠나보내지 않았다. 그러면서 지지받는 문화원이 되자고 직원들에게 말했고 나 자신 지지받는 문화원장이 되고자 노력했다. 이러한 생각과 지향은 지금도 변함이 없다. 지지받는 사람. 지지받는 삶. 그것이 모여서 나의 일생이 되기를 소망한다.

# 늙은 사람이 되었다는 것

스스로 말한다. 시를 쓰면서 살았기에 보다 정신적인 사람이 될 수 있었고, 초등학교 선생으로 일관했기에 어린이다운 어법을 잃지 않았으며, 시골에서 살았기에 자연과 친숙한 사람이 되었고, 자동차 없이 살았기에 서민적인 삶을 더 잘 이해하는 사람이 되었노라고.

지금은 그 모든 항목들에 대해서 감사하고 만족하는 심정이다. 불평하지 않는 마음이 바로 마음의 평안이고, 만족하는 마음이고, 또 행복으로 가는 조그만 샛길이라는 것을 나는 또 모르지 않는다. 그러나 나는 여기서 한 가지 항목을 바꾸고자 한다. 그것은 두 번째 항목인 초등학교 선생에 대한 것이다. 교직에서 물러난 지도 벌써 12년이 넘었다. 그래서 그 자리에 '내가 늙은 사람이 되었다는 것'이란 항목을 대신 넣고자 한다.

물론 늙은 사람이 된 것도 마이너이다. 하지만 늙은 사람이 된 것은 저절로, 거저 된 일은 아니다. 그동안 많은 세월을 살았고 또 견뎠기에 늙은 사람이 될 수 있었던 것이다. 진정 나는 내가 늙은 사람이 된 것을 불평하거나 후회하지 않는다. 다시금 청춘의 시절로 돌아가라 해도 나는 그러지 않고 싶은 사람이다. 심지어 다음 세상이 주어진다 해도 사람으로 태어나고 싶은 생각이 없는 사람이다.

왜 다시 사람으로 태어나 누구의 자식, 누구의 학생, 누구의 친구, 누구의 선생, 누구의 남편, 누구의 아버지로 다시 산다 하겠는가. 그 모든 것들은 한 번으로 족한 일이다. 다시는 더 해보고 싶은 일이 아니다. 그래서 나는 내가 늙은 사람인 것이 좋다. 솔직히 말해서 예쁜 여자를 만나도 크게 마음이 흔들리지 않는 늙은 사람인 것이 좋다. 좋은 물건을 보거나 많은 돈을 보아도 탐나지 않는 지금 이대로의 마음이 좋다.

그러하다. 내가 사랑하고 원하는 나의 삶은 지금 이대로 사는 삶이다. 더 많은 것을 원하지도 꿈꾸지도 않는다. 변화가 있기를 바라지도 않는다. 아무런 일도 없는 그날이 그날인 무사안일 그것이다. 늙어서 좋다. 늙은 사람인 것이 다행이다. 문득 바라보는 아파트 밖 풍경이 더욱 여유롭고 평화롭게 다가오는 아침이다.

# 마음을 내려놓을 곳

지난 일요일 오후 시간. 우리 교회에서 새 신자 환영집회가 있었다. 나는 거기서 이야기하는 사람으로 잠시 초청받았다. 물론 교회에서는 신앙의 문제에 집중해서 이야기해야 하지만 나는 좀 더 포괄적인 입장에서 이야기했다. 오늘날 사람들에게 무엇이 소중하고 무엇이 시급한가?

아무래도 물질의 문제보다는 마음의 문제가 중요한 것 같다. 살아가는 데는 일차적으로 물질적 요인이 중요하다. 하지만 물질의 문제가 풀린 다음에는 마음의 문제, 정서의 문제가 또 중요하게 다가온다. 의외로 인간은 물질에 지배되는 존재이기도 하지만 정서적 요인에 의해 자주 흔들리는 존재이기도 하다.

몸이 아픈 것은 약으로 고칠 수 있지만, 마음이 아픈 것은 쉽게 고쳐지지 않을 때가 있다. 우리가 행복이라 말하고 불행이라 말하는 것들도 그 내막을 들여다보면 정서적 요인이 지배하는 경우가 많다. 사실 우리는 지금까지 물질적 풍요만을 위해서 노력하며 살았던 사람들이다. 그 결과 그

런대로 잘 사는 사람들이 되었다. 제각기 살기 힘들다 하소
연하지만 물질에 있어서는 분명 잘사는 것이 맞다.

문제는 정신적으로 정서적으로 힘들어서 살기가 힘들
게 느껴지는 것이다. 이러할 때 우리에게 필요한 것은 마음
을 내려놓을 장소이고 마음을 맡길 대상이다. 그 장소와 대
상이 교회가 되어야 한다는 것이 또 나의 생각이다. 정말로
교회는 사람들이 스스럼없이 찾아와 마음을 내려놓는 장소
가 되고 마음을 맡기는 대상이 되어야 한다.

마음을 맡기고 마음을 내려놓는다는 것은 중요한 일이
다. 급한 일이다. 그런데 정작 그럴 만한 장소가 마땅찮고
그럴 대상이 많지 않다는 데에 우리의 답답함이 있다. 언제
나 그럴 수는 없겠지만 내가 그 일을 자임하고 내가 있는
장소가 그런 장소가 된다면 얼마나 좋을까. 생각만이라도
그렇게 하면서 살아야 할 일이다.

나아가 나는, 시에 대해서도 이런 시각으로 접근해야 한
다고 생각한다. 마음이 고달프고 상처받은 사람들이 마음을
맡기고 자기의 마음을 내려놓기 위해서 찾아서 읽는 시가
된다면 그 시는 최선의 시가 될 것이다. 이것이 내가 나의
시에 거는 기대이고 나의 시에 요구하는 다급한 주문이다.

돈이나 물건을 얻는 일은 중요하다. 그렇지만 다른 사람
의 마음을 얻는 일은 더욱 중요하다. 만약 다른 사람의 마
음을 얻기만 한다면 그것은 이 세상 모든 것을 얻는 것이나

마찬가지이다. 이것이 바로 진정한 소통의 세계이고 또 감동이 살아 숨 쉬는 세상이다. 시가 바로 그런 일을 해주었으면 좋겠다.

사람들이 찾아와 마음을 내려놓고 마음을 맡길 수 있는 교회. 참 좋은 교회이다. 세상살이에 마음을 다치고 지친 사람들이 찾아서 읽으면서 자신들의 마음을 내려놓기도 하고 맡기기도 하는 시. 참 좋은 시이다. 제발 나의 시가 그런 시가 되기를 바란다. 마음의 평안을 잃은 사람들에게 마음의 평안을 선물하는 그런 시가 되기를 소망한다.

# 진정한 부자

몇 년 전이었지 싶다. 천안에 있는 한 대학에 문학강연을 하러 간 일이 있다. 겨울철이었고 그날은 연초였고 눈이 많이 내린 날이었는데 천여 명이나 되는 교직원들이 대강당에 가득 모여 내 강의를 들었다. 맨 앞자리 중앙엔 대학의 설립자까지 떡 버티고 앉아서 내 얘기를 들었다.

강의를 마친 뒤 식사 자리에서였다. 대학의 설립자 옆자리에 내 자리가 마련되었다. 밥을 먹으며 나는 설립자 되는 분에게 말했다.

"설립자님은 어떻게 해서 이렇게 큰 대학을 지으셨나요? 아마도 설립자님은 돈이 많은 분이신가 봅니다."

정말로 그 대학은 큰 대학이었고 돌로 지어진 건물들이 산 중턱에 가득 모여 마치 한 도시를 이루는 듯했던 것이다.

"저는 돈이 없는 사람입니다. 그 대신 하나님이 돈이 많은 분이라서 하나님이 저에게 돈을 빌려주십니다."

뜻밖의 대답이었다. 아 그렇구나! 나는 감탄을 하면서 말을 받았다.

"설립자님 말조심하십시오. 제 옆에서 그렇게 좋은 말씀을 하시면 제가 훔쳐다가 시로 쓸 겁니다."

어리둥절한 표정을 짓다가 설립자 되는 분은 웃음 띤 얼굴로 말을 받았다.

"좋습니다. 아무렇게나 하십시오."

그 뒤에 나는 그분에게 시 한 편을 써서 보내드렸다.

돈이 많은 사람에게 물었다

왜 그렇게 돈이 많으세요?
난 돈이 별로 없어요
하나님이 돈이 많으시니까
빌려주시는 거예요

그가 정말로 부자였다.

—「부자」 전문

한참 동안 나는 정말로 부자가 어떤 사람인가, 진정으로 잘 사는 삶이 어떤 삶인가, 생각해보는 기회를 가졌다. 무조건 돈이 많다고 해서 부자는 아닐 것이다. 돈을 많이 가졌더라도 그 돈을 어떻게 사용하느냐가 더 중요한 일이다.

쓰는 돈도 나름이다. 오로지 자기 자신만을 위해서 돈을 쓰는 것이 아니라 남을 위해서 돈을 쓸 때 더 좋은 돈이 되고 더 많은 돈이 생기는 것이 아닐까? 그런 사람이 진정으로 부자인 사람이고 정말로 잘사는 사람이 아닐까?

돈만 그런 것은 아닐 것이다. 자기에게 지식이 있다면 그 지식을 남을 위해서 쓰고 남들에게 기쁘게 나누어줄 때 참으로 유용한 지식이 되고 살아 있는 지식이 되고 아름다운 지식이 되는 게 아닐까?

이러한 생각과 각오는 시를 쓰면서 세상을 사는 동안 내가 한시도 잊지 말고 가슴에 안아야 할 생각이다. 내가 쓴 시에 대해서도 한결같이 주문해야 할 내용이다.

# 부디 아프지 마라

주변 사람들을 살피면 하나같이 아프지 않은 사람이 없다. 어딘가 한군데는 몸이 아프든지 시시때때로 마음이 아프든지 그렇다. 정말로 아프지 않은 사람은 이 세상에 없다. 어른들만 그런 게 아니라 아이들도 마찬가지다. 말하자면 모든 인간은 문제점을 그 가슴에 그 몸에 안고 살아간다는 얘기다.

일단 인간은 아프다. 안 아픈 인간은 없다. 오히려 아프기 때문에 인간이다. 여기에 방점을 찍고 합의해보자. 그럴 때 우리의 마음은 한결 여유로워지고 타인에게로 열린 보다 넓고 부드러운 눈을 얻는다. 나만 아픈 게 아니라 주변 사람들, 나아가 세상 모든 사람들이 아프다고 할 때 스스로의 마음을 다독이게 된다.

괜찮아. 괜찮아질 거야. 그래. 함께해야지. 힘들고 어려운 길이라도 함께 부축하면서 가야지. 그러면 조금씩 좋아질 거야. 소망을 갖게도 된다. 그렇다. 나 혼자만 아프고 힘든 게 아니라 다른 사람도 그렇다는 데에서 우리는 수월찮

은 위로를 얻고 새로운 가능성을 보기도 한다. 결코 너와
내가 둘이 아니고 하나라는 사실!

어딘가 내가 모르는 곳에
보이지 않는 꽃처럼 웃고 있는
너 한 사람으로 하여 세상은
다시 한번 눈부신 아침이 되고

어딘가 네가 모르는 곳에
보이지 않는 풀잎처럼 숨 쉬고 있는
나 한 사람으로 하여 세상은
다시 한번 고요한 저녁이 온다

가을이다, 부디 아프지 마라.

—「멀리서 빈다」 전문

이 작품은 2009년도에 쓰인 작품으로 내가 죽을병에 걸
려 신음하다가 겨우 풀려나 세상으로 돌아온 뒤 2년 만에
쓴 작품이다. 크게 앓고 나서 생각이 대폭 바뀌었다. 처음엔
나만 아프고 나만 억울하다고 생각했는데 지나고 보니 안
아픈 사람이 없고 억울하지 않은 사람이 없다는 걸 알게 된

것이다. 이것은 나름대로 하나의 작은 깨침 같은 것이었다.

그렇구나. 나만 아픈 것이 아니라 다른 사람들도 아픈 거구나. 그로부터 나의 눈길은 좀 더 부드러워지고 나의 마음은 보다 넓어지고 편안해졌다. 그렇다면 어찌할 것인가? 나처럼 아픈 사람들을 위해 내가 할 일은 무엇인가? 기도하고 걱정하고 염려하고 함께하는 길밖엔 없다. 상호 부추기고 축복할 방법밖에는 없다.

우아일체. 우주와 내가 둘이 아니라 하나라는 생각. 피아일체. 저쪽와 이쪽, 너와 내가 다시 하나라는 사실. 이런 말들은 우리에게 많은 가르침을 준다. 새로운 희망을 주고 새로운 길을 허락한다. 최근 코로나19 사태만 해도 표면으로는 인간이 아픈 것이지만 그 실은 지구가 아픈 것이다. 지구가 힘들어 진저리를 치는 것이고 신음을 한 결과다.

그렇다면 어찌할 건가? 인간의 입장만 생각할 것이 아니라 지구의 입장도 좀 생각해주어야 한다. 지구 할아버지, 많이 아프셔요? 부디 아프지 마셔요. 지구 할아버지가 건강하셔야 우리 인간도 살 수 있어요. 오냐. 내가 좀 아프다. 아파서 못 견딜 지경이다. 그러니 너희들이 좀 얌전히 살고 조금씩 욕심을 줄이면서 살아다오.

어쩌면 그런 대화, 그런 답변이 올지도 모른다. 위의 시에서도 가장 핵심적인 문장은 '가을이다, 부디 아프지 마라'이다. 이런 것은 어른들만 그런 것이 아니라 아이들한테도 그렇다. 미리 일러주지 않아도 저절로 알게 되어 있다. 하나의 언어가 가진 영력이다. 그만큼 인간은 영혼적인 존재이고 영혼에 의해 큰 지배를 받는다.

이제 어쩌는 도리가 없다. 서로 기도하고 염려하고 응원하고 위로하면서 살 수밖에는 다른 도리가 없다. 그 안에 작으나마 평안이 깃들고 행복이 있겠지 싶다. 우리 서로에게 말해보자. 많이 힘드시지요? 나도 힘들답니다. 이 힘든 고비를 조금만 참고 넘겨보시지요. 그러면 분명 좋은 날, 밝은 날이 올 것입니다.

'가을이다, 부디 아프지 마라.' 이것은 누군가 다른 사람에게 하는 말이지만 나 스스로에게도 하는 말이다. 우리 부디 아프지 맙시다. 아프더라도 조금씩 줄여가면서 아픕시다. 당신에게 축복을 보내고 나에게 또한 그만큼의 축복을 남깁니다. 좋은 날 우리 부디, 웃는 얼굴로 기쁘게 다시 만납시다.

꽃이

세
상
에

온

의

미

꽃들은 한자리에서 붙박이로
살지 않는다. 몇 년 살고
다른 자리로 옮겨간다.
그러지 않으면 스스로 죽게 된다.
후대의 누군가에게 미련 없이
나의 땅을 내주어야 한다.

## 붓꽃

나는 꽃을 참 좋아하는 사람이다. 그건 어려서부터 그랬고 자라서도 그랬다. 어려서 외할머니와 울타리도 대문도 없는 초가집, 꼬작집이라고 마을 사람들이 부르는 그 집에서 살 때도 뒤뜰에 꽃을 가꾸며 살았다.

붓꽃은 내가 좋아하는 꽃 가운데 하나. 시골에 살면서 자주 보아온 꽃이다. 처마 밑이나 마당 공터에 아무렇게나 뿌리내려 버려진 듯 살다가도 때가 되면 어김없이 진한 파랑의 꽃을 피워올리는 꽃이다.

붓꽃은 5월을 알리는 꽃. 그 자신이 5월인 꽃. 이파리가 무성해지기 시작하면 초록빛 칼날 모양의 이파리 사이로 붓대를 하늘로 곧추세운 듯 꽃대가 올라온다. 그래서 이름이 붓꽃이다. 서양 이름으로는 아이리스. 한때 영화 제목으로도 드날렸던 이름이다.

문학관 앞 정원에도 붓꽃을 심고 뒤 뜨락에도 붓꽃을 심었다. 때가 되어 앞 정원에 심은 붓꽃이 피었다 졌는데 뒤 뜨락에 심은 붓꽃이 이제 막 피어나기 시작한다. 머나먼 심해선 밖 바다 물빛을 자랑하는 붓꽃. 가들가들 떨고 있는 소녀의 혼이 숨어 살고 있는 붓꽃.

그런 붓꽃을 한 해에 두 차례 보는 마음이라니! 이건 얼마나 화려한 마음의 호사이며 행운인가. 그래서 옛날 어른들은 장춘長春이란 말을 즐겨 쓰셨는지 모르겠다. 긴 봄날. 길게 가는 봄날, 길게 사는 봄의 생애. 이거야말로 꿈같은 일이 아니겠는가. 장락長樂, 장락무극長樂無極이란 말들도 그 어름에서 태어났겠다 싶다.

갈수록 봄이 짧아지고 가을도 짧아진다고 사람들은 한탄한다. 아쉬워서 하는 말이다. 그러나 이렇게 붓꽃은 나에게 길게 가는 5월을 보여주고 있다. 뒤 뜨락 처마 밑에 낯선 손님처럼 문득 찾아와 가들가들 고개를 떨고 있는 붓꽃. 오, 너희가 나를 기다리고 있었구나. 고맙구나. 반갑구나. 나도 너희들을 사랑한단다. 붓꽃 덕분에 나는 올해 5월을 두 번 맞이하게 되었다.

## 정원의 일 1

어제는 좀 무리했던가 보다. 무엇보다도 저녁 늦은 시간까지 꽃밭을 매만지는 일에 시간을 많이 보내면서 몸수고가 많이 들었던가 보다. 그 바람에 집에 오자마자 간신히 목욕만 하고 잠이 들고 말았다. 할 일이 태산같이 많은데도 말이다.

일찍 자고 중간에 일어나 일 좀 하자, 처음에는 그러면서 잠이 들었다. 그러나 도저히 일어날 수가 없어 두어 차례 오줌만 누려고 일어났다가 아침 시간까지 내쳐 자고 말았다.

그렇게 자고 일어났는데도 오른쪽 팔이 뻐근하게 아프다. 어제, 꽃밭의 꽃들 사이에 넣어주려고 볏짚이며 풀 벤 찌꺼기를 작두로 오래 자른 탓이다. 요 몇 년만큼 내가 일을 많이 해본 시절이 없다. 이제는 아예 내가 막일꾼이 되어버린 느낌이다.

문학관에만 가면 그냥 있지를 못하고 문학관 주변에 심겨진 꽃들을 보살피기 위해 안절부절못한다. 손이 거칠어지고 얼굴이 새까매져도 나는 그런 것에 별로 아랑곳하지 않는다. 인생에서 가장 좋은 인생은 노년에 정원을 가꾸며 사는 인생이라는 말을 들은 적이 있다.

일찍이 헤르만 헤세가 그랬다. 그는 정원 가꾸는 일을 가장 좋은 일로 알고 일생을 살았던 사람이다. 우리나라 사람 가운데서 박경리 같은 소설가도 텃밭의 풀을 뽑으며 소설을 구상했고 현실에서 얼룩진 마음을 씻었다는 말을 들었다.

야튼 좋다. 당분간 나는 이런 방식으로 살아갈 것이다. 이런 삶이 스스로 마음에 든다. 누가 뭐라든 그렇게 사는 것이다. 어제는 그렇게 고달프게 일하는 바람에 무거운 시름 하나를 고스란히 날려 보낼 수 있어서 좋았다.

두어 주일 전일 것이다. 올해, 현충일 헌시를 나더러 쓰라고 해서 좋아라 하고 써 보낸 일이 있다. 그런데 그 시를 아주 많이 고치라는 전갈이 와서 우울했고 화가 났다. 모욕감이 들었다. 한두 군데가 아니고 거의 통째로 고치라는 전갈이었기에 그걸 글 쓰는 사람으로서 감내할 수 없었다.

내가 쓴 시를 파기해달라는 전갈과 함께 그렇게는 못 하겠노라고 말하고서 많이 속상하고 우울했다. 그런데 일을 많이 하고 고단하게 잠을 자는 바람에 우울함도 속상함도 고스란히 날아가 버리고 말았다. 고달픈 하루 고단한 잠에 감사하는 마음이다.

# 정원의 일 2

오늘은 금요일. 일주일에 하루, 내가 문학관에 머물면서 사람들을 만나고 문학강연도 하는 날이다. 찾아온 손님 가운데 한 분이 물었다. 왜 꽃을 좋아하느냐고. 물론 어린 시절부터 꽃을 싫어하지는 않았다. 시골 출신에다가 집안이 가난하고 한적했기 때문에 꽃에 마음을 주면서 자랐다.

하지만 꽃을 좋아하기 시작한 것은 중년의 일. 결혼을 하고 막동리 집에 살면서부터 꽃에 관심을 갖고 나름대로 꽃을 심고 가꾸었다. 그러나 그 뒤로는 객지로 떠돌면서 살았고 특히 주거공간이 아파트다 보니 그럴 여지가 없었다.

노년에 이르러 풀꽃문학관이 생긴 뒤부터 꽃을 심고 가꾸며 살고 있다. 이제는 나의 일과 가운데 꽃을 시중드는 데 들어가는 시간이 가장 많은 형편이다. 일평생 요즘처럼 내가 막일을 많이 해본 시절이 없다고 스스로 말할 정도다.

생각해본다. 왜 내가 꽃을 그렇게 좋아하고 또 꽃에 관한 시를 많이 쓰는 걸까? 이유가 전혀 없는 건 아니다. 꽃은 좋은 것, 성공한 것, 아름다운 것의 상징체계로서 꽃이다.

실지로 식물에게 있어서도 꽃은 과일을 준비하는 단계이면서 가장 아름답고 진실한 부분이다.

나는 그 손님의 질문에 서슴없이 대답했다. 아마도 내가 꽃을 좋아하는 것은 사람들한테 실망해서일 것이라고. 손님은 의아하다는 표정으로 나를 건너다보았다. 그러나 왜 아니겠는가. 사람은 신의가 없어도 꽃들은 신의가 있고, 사람에겐 아름다움이 없어도 꽃들에겐 아름다움이 있다. 거짓 없는 꽃. 약속 잘 지키는 꽃. 아름다운 꽃. 그러니 어찌 내가 꽃을 좋아하지 않겠는가! 그제야 손님은 알았다는 표정을 짓는다.

꽃을 기르면서 많은 것을 배우고 생각하고 깨닫는다. 꽃들이라고 해서 한 자리에만 붙박이로 사는 건 아니다. 움직이면서 산다. 특히 일년초들은 한 해만 살다가 죽는다. 하지만 씨앗을 남긴다. 다음 해가 되면 어김없이 그 부근 어딘가에 자식들이 태어나 저희 엄마들처럼 새로운 생애를 산다.

이 얼마나 놀라운 축복인가. 내가 좋아하는 말 가운데 '오는 사람 막지 말고 가는 사람 잡지 마라[來者莫拒 去者莫追]'는 말이 있다. 이 말을 꽃들한테 적용해본다. '오는 꽃 막지 말고 가는 꽃 잡지 마라.' 그건 그러하다. 우리 풀꽃문학관의 꽃들은 사람이 심은 꽃도 있지만 저절로 싹이 나서 자란 꽃들도 있다. 다만 꽃들을 쫓지 않았을 뿐이다. 거절

하지 않았을 뿐이다.

또 이런 말도 있다. '나쁘다고 하여 베어버리려고 들면 풀 아닌 게 없고, 좋다고 하여 취하려 들면 꽃 아닌 게 없다[若將除去無非草 好取看來總是花].' 이 말도 참 좋은 말이다. 결국 나는 꽃을 가꾸면서도 끊임없이 인간 세상을 보고 있었고 인간 세상을 생각하고 있었다는 것에 다름 아니다.

사람은 배신을 해도 꽃들은 배신을 할 줄 모른다. 사람은 약속을 어겨도 꽃들은 약속을 어기지 않는다. 사람에겐 근본적인 아름다움이 없지만 꽃들에겐 그런 아름다움이 있다. 그러니 내가 꽃들을 좋아하지 않고 어쩌겠는가.

## 꽃들이 걱정이다

예전엔 봄에 꽃이 피더라도 순서대로 꽃이 피었다. 살구꽃 다음에 복숭아꽃이요 그다음에 앵두꽃 자두꽃 배꽃이었다. 그런데 요즘엔 그 모든 꽃들이 한꺼번에 피어난다. 폭죽처럼 피어난다.

자연과 거리를 두고 사는 도시 사람들도 꽃들에 대해서 걱정을 한다. 예전엔 벚꽃 핀 다음에 라일락이 피었는데 요즘은 그 두 가지 꽃들이 한꺼번에 피어난다고. 꽃들이 도무지 기다릴 줄 모르고 순서를 지키지 않는다고. 그만큼 꽃들의 성질이 급해진 것이다.

우리 아들의 생일은 4월 15일. 개나리꽃이 한창 좋던 계절이었다. 그런데 그 개나리꽃이 요즘엔 4월 초순에 만발 피어난다. 40년 사이에 개나리꽃철이 보름쯤 앞당겨진 것이다. 보름쯤 빨라진 지구의 숨결. 보름쯤 가빠진 지구의 발걸음. 걱정이다.

이런 사정은 꽃들의 세상만 그런 것이 아니다. 예전엔 바닷고기들이 철 따라 순서대로 잡혔는데 지금은 그야말로 제멋대로 잡힌다 한다. 자연이 성급해진 탓이요 난폭해진 탓이요 근복적으로는 질서가 무너진 탓이다. 이를 따라 우리 인간들도 성급해지고 난폭해졌다. 꽃이 피는 건 좋은 일인데 이제는 꽃 피는 일조차 겁이 난다.

사람의 마음 쓰임, 사람의 사는 일까지 덩달아 거칠어지고 뒤죽박죽이 되는 건 아닌지 걱정이다.

# 말의 길을 따라서

풀꽃문학관이 이제는 제법 세상에 알려졌다. 주말 시간이면 사람들이 많이 찾아온다. 어떤 때는 대형버스가 두 대도 오고 세 대도 온다. 이렇게 사람이 몰리면 한꺼번에 문학관 안으로 들일 수 없어 차례를 정하여 들어오도록 안내한다.

개인적으로 나와 친분이 있거나 나태주라는 시인을 알고 오는 사람들이 아니다. 무슨 볼일이 있어서도 아니다. 다만 「풀꽃」 시 한 편을 알고서 오는 사람들이다. 이것은 실로 놀라운 일이다. 시 한 편을 찾아서 사람들이 버스를 타고 오다니!

결국 이들은 말을 찾아서 오는 사람들이다. 말이 이렇게 무섭고 커다란 힘을 가졌다. 그것도 짧은 시 한 편이 내주는 길이다. 글자 수로 따져서도 스물넉 자밖에 안 되는 문장이다. 그 문장이 세상 멀리까지 길을 만들고 그 길을 따라 사람들을 오게 한다.

그뿐만 아니다. 이 시는 또 나를 멀리까지 가게 한다. 일주일에도 예닐곱 번씩 외지로 나가 문학강연을 하는데 이 강연 모두가 「풀꽃」 시 한 편이 이끄는 일이다. 이 또한 놀랍지 않은가! 시 한 편이 나를 멀리까지 가게 하고 또 멀리에 있는 사람들을 오게 만들다니!

인간에게 언어가 없었다면 애당초 인간은 인간이 아니었을 터. 언어의 존재야말로 인간이 인간인 까닭이다. 인간을 영적인 존재가 되도록 이끄는 조건 또한 언어이다. 언어 표현 가운데 가장 아름다운 것은 시의 문장. 다시 한번 시의 문장이야말로 영혼의 문장.

그러기에 시의 문장은 설명이나 번역 없이 직통으로 상대방에게 전달된다. 상대방의 심금과 영혼을 울려 시인의 마음과 같은 마음이 되게 한다. 그것은 오늘의 시만 그런 것이 아니라 수천 년 전의 시도 오늘에 이르러 같은 능력을 발휘한다.

가끔 학교 같은 곳에 가서 급식실에서 밥을 신세 질 때가 있다. 식판을 들고 서 있으면 밥을 푸는 아주머니들이 나를 보고 말하곤 한다. 시만 읽을 때는 젊은 사람인 줄 알았는데 많이 늙은 사람이라고. 인간적으론 섭섭한 말이지만 한편으론 고마운 말이기도 하다.

늙은 사람의 젊은 시. 이것이 내가 꿈꾸는 나의 시가 아니던가. 이런 시 가운데 한 편인 「풀꽃」이 멀리멀리 길을 열어 사람들을 오게 한다. 시가 만들어주는 가늘고도 빛나

는 길. 부디 오래 지워지지 말아라. 시의 길을 따라오는 사
람들. 부디 오래 강건하시고, 맑은 영혼이소서.

# 다시 풀꽃문학관

거기에 가면 꽃들이 있다

거기에 가면 자전거가 있다

거기에 가면 고요가 있다

거기에 가면 풍금 소리가 있다

거기에 가면 옛날이 있다

거기에 가면 시인이 있기도 하고

없기도 하다.

—「풀꽃문학관」전문

물론 「풀꽃」을 기념한 문학관이다. 살아 있는 문인의 이름을 문학관 이름으로 정하지 않는 것이 세상의 불문율이라서 문학 작품 이름을 문학관 이름으로 정한 집이다.

풀꽃문학관에서는 실제의 풀꽃만 풀꽃이 아니고 모든 것들이 풀꽃으로 통한다. 작은 것, 화려하지 않은 것, 오래된 것, 주변에 있는 흔한 것들이 모두 풀꽃의 의미를 갖는다.

심지어는 사람의 마음까지도 풀꽃의 의미로 통하곤 한다.

조금은 비좁고 어둡고 불편하고 구식인 공간이다. 의자도 없다. 그냥 방바닥에 앉는다. 의자 생활에 익숙한 도회인들은 이 점을 많이 불편하게 여긴다. 하지만 풀꽃문학관에서는 이러한 점들까지 풀꽃문학관의 한 요소로 삼는다.

풀꽃문학관에는 느리게 가는 시간이 있다. 아니, 옛날로 돌아간 시간이 있다. 디지털 시대에 아날로그를 고집하는 마음이 있다. 그냥 멍한 마음이다. 조금쯤 내려놓고 오래된 것들을 생각하고 먼 것들을 그리워하는 마음이다.

지난날 우리는 물질이 부족한 세상에 살면서 배가 고픈 사람들이었다. 그러나 오늘날 우리는 물질이 풍부한 세상에 살면서 마음이 고픈 사람들이다. 마음이 무너지고 마음이 고픈 사람들. 이들을 어찌하면 좋은가!

마음이 고픈 사람들을 위로해주고 쓰다듬어주어야 한다. 거기에 가장 적극적인 대응책과 치료가 바로 시 속에 들어 있음을 풀꽃문학관은 모르지 않는다. 사람을 살리는 약이 시 안에 있음을 또한 풀꽃문학관은 모르지 않는다.

풀꽃문학관은 앞으로도 오랫동안 그런 모습으로 세상 한 모퉁이에 있을 것이다. 그림자처럼 조그만 소문처럼 그렇게 존재할 것이다.

## 풀꽃 시

자세히 보아야
예쁘다

오래 보아야
사랑스럽다

너도 그렇다.

문학강연에서 강연을 시작하면서 예외 없이 꺼내는 말
이 있다. 「풀꽃」을 읽어주고 이 시를 한 번도 들어본 일이
없는 사람 있느냐고 묻는 말이 그것이다. 손을 들어보라고
한다. 그러면 대개의 경우, 손을 드는 사람이 하나도 없거
나 더러는 한두 사람 손을 들거나 그렇다. 이건 참으로 놀
라운 일이다. 시를 쓴 사람 입장에서 이만한 영광이 없다.
그야말로 놀라운 축복이다. 기적 같은 일이다. 시인의 이
름을 기억하지 못하는 사람들까지도 시의 내용만은 알고

있다고 대답을 한다. 어디선가 본 적이 있다는 것이다. 이 것은 더욱 좋은 현상이다. 본래 시란 것이 시인 이름, 시의 제목, 시의 내용 순으로 기억되게 되어 있다. 그러나 그보다 더 바람직한 현상은 거꾸로 시의 내용, 시의 제목, 시인 이름으로 가야 한다.

왜 그런가? 모름지기 시란 것이 사치품이나 장식품이 아니고 실용품이기에 그러하다. 약국에 가서 약을 사는 경우를 생각해보자. 약의 이름을 대고 약을 사는 것보다는 증상을 대고 약을 사는 것이 더 올바른 방법이다. 마찬가지로 시인의 이름이나 작품 이름보다는 내용이 먼저 떠오르는 시가 진정 좋은 시이다. 그만큼 시를 필요로 하는 사람들에게 더욱 가까이 가 있다는 한 증거인 셈이다.

그러나 시인들은 가끔 이 시를 시로 보아주지 않고 나태주가 쓴 '어록' 정도라고 말하고 싶어 하기도 한다. 어록은 시와 어떻게 다른가? 어록은 그냥 말의 기록이고 시는 예술품이다. 말하자면 「풀꽃」을 예술품으로 보아주고 싶지 않다는 뜻이 그 안에 담겨 있다. 시 작품에는 반쯤은 의미를 감추어놓고 모종의 장치를 통해서 표현해야 하는데 「풀꽃」에는 그런 장치가 없다는 것이다.

하지만 이것은 지나치게 표현주의에 집착한 결과이고 언어조작에 기댄 생각이다. 조금만 「풀꽃」을 주의 깊게 들여다보자. 첫 연의 '자세히 보아야/예쁘다'란 자세히 보지 않으면 예쁘지 않다는 말이다. 일종의 반어법이다. '자세히' 보는 전제조건이 충족되어야만 예뻐진다는 이것 자체가 하나의 숨김이고 감춤이 아니고 무엇이겠는가. 그것은 그다음의 '오래 보아야/사랑스럽다'도 마찬가지다. 그야말로「풀꽃」을 자세히, 오래 들여다보지 않아서 나온 현상이다.

마지막 연인 '너도 그렇다'는 더욱 중요한 의미를 갖는다. 만약에 이 구절을 '나만 그렇다'라고 썼다면 이 시는 결코 지금처럼 많은 사람들에게 환영받는 시가 되지 못했을 것이다. 이 구절은 실은 내가 쓴 구절이 아니다. 내가 아닌 외부의 그 어떤 존재, 신이라 해도 좋고 영감이라고 해도 좋을 그 어떤 존재가 쓰라고 시켜서(강요해서) 쓴 구절이다. 다만 시를 쓴 나는 그것을 받아서 썼을 따름이다.

시는 결코 언어조작의 산물이 아니다. 그래서 나는 때로 시란 영혼의 세계에서 나오는 은밀한 목소리의 선물(산물이 아니라)이라고 말한다. 반드시 시에는 영성이 들어간 문장이 있어야 한다고 말하고 싶어 하기도 한다. 그런 점에서 시인은 또 누군가의 말을 받아서 쓰는 받아쓰기 선수이기도 하다.

# 풀꽃 시인

"시인에게는 백 편의 시가 중요한 것이 아니라 백 사람에게 읽히는 한 편의 시가 중요하다." 이것은 오래전부터 내가 입버릇처럼 해오는 말 가운데 하나다. 그것은 정말 그러하다. 백 편의 시 가운데 한 편의 시다. 그 한 편의 시로써 시인은 독자들에게 기억되는 것이다.

그렇다고 시인마다 그런 시가 주어지는 건 아니다. 그것은 또 시인 자신의 노력이나 의도로 가능한 일도 아니다. 어디까지나 그것은 독자의 선택에 달린 문제다. 시인의 대표작이란 것도 시인의 주장으로 가능한 일이 아니다. 오로지 독자의 몫으로 맡길 과업이다.

우리나라 시 역사에서 시인들 이름을 떠올려보아도 그렇다. 한용운 시인 하면 곧바로 '님의 시인'이다. 김소월 시인 하면 '진달래꽃 시인'이다. 짝을 더 맞춰보면 이러하리라. '향수의 시인' 하면 정지용. '모란꽃 시인' 하면 김영랑. '오랑캐꽃 시인' 하면 이용악. '사슴의 시인' 하면 백석. '국화꽃 시인' 하면 서정주. '별의 시인' 하면 윤동주. '나그네

의 시인' 하면 박목월. '고양이의 시인' 하면 이장희. '꽃의
시인' 하면 김춘수.

그렇다면 나는 나의 이름 자 위에 어떤 단어를 얹어야
할까. 한동안 나는 그저 밋밋한 시인이었을 뿐이다. 아무도
나를 특별한 이름으로 불러주지 않았던 것이다. 그러다가
나에게 특별한 이름이 생긴 것은 최근의 일이다. 처음엔 한
두 사람이 무심코 그렇게 부르기 시작했을 것이다.

'풀꽃 시인.' 처음엔 어색하고 불만스럽기도 했다. 하필
이면 왜 그 많은 작품을 지나쳐 「풀꽃」인가! 「풀꽃」이 너무
왜소하고 단출하다는 생각이 들기도 했다. 좀 더 우람하고
그럴듯한 작품이 지목되지 않은 것이 섭섭하기도 했다. 그
러나 이것은 나의 뜻으로 가능한 일이 아니다.

그만큼 독자들의 힘은 센 것이다. 시인이 갑이 아니고
독자가 갑이다. 이 문제에 관한 한 독자들의 명령을 따라야
한다. 보다 많이 시인은 부드러워져야 하고 겸허해져야 한
다. 그 길이 시인이 사는 길이고 독자들도 사는 길이다. 이
제는 대놓고 사람들이 나를 일러 풀꽃 시인이라고 불러준
다. 좋다. 그냥 좋다. 나도 이에 동의하며 감사한 마음을 갖
는다.

실상 「풀꽃」은 3연 5행으로 구성된 세 문장의 작품이다.
글자 수도 스물넉 자밖에 되지 않는다. 그렇지만 이 시의
활용과 영향은 놀라운 바가 있다. 사람들 입에 오르내리는

걸 보면 알 수 있는 일이다. 거의 모든 분야에 적용되고 있다. 신문 칼럼, 캘리그래피 글씨, 게시판이나 걸개, 길거리나 등산로의 시화작품 등 그 활용범위는 아주 넓다.

시비로 새겨져 여기저기 세워지기로 쳐도 「풀꽃」만 한 작품이 없지 싶다. 그만큼 시의 개별성(특성)과 더불어 보편성이 넓다는 증거일 터이다. 인터넷에 나온 패러디를 보아도 아주 여러 가지다. 심지어는 술자리에 건배사로까지 이 시가 불려 나간다고 들었다. 아무튼 좋다, 풀꽃 시인. 이쯤에서 나는 다시 한번 나 자신이 풀꽃 시인이라 불리는 것을 감사하게 생각해야만 한다.

「풀꽃」이 오늘날처럼 광범위하게 알려지게 된 것은 그야말로 내 탓이 아니라 너의 탓이다. 세상 탓이다. 세상이 풀꽃을 요구해서 그렇게 된 것이다. 우선은 「풀꽃」에 일정 부분 감동이 있고 위로와 축복이 있다고 하자. 그러나 그것만으로는 충분하지 않다. 세상의 동의가 있어야 한다. 그래야만 진정 세상이 받아주는 시가 된다. 조그만 시 한 편이 알려지는 데에도 시대적 요구와 필요가 있어야 한다는 것은 일견 놀라운 일이다.

문학강연을 하다가 마지막 부분에는 이 시를 스스로 패러디하여 이렇게 들려주기도 한다. 오늘날 우리 자신이 충분히 예쁜 사람들이고 이미 사랑받는 사람들이란 것을 확인시키기 위해서이다.

자세히 보지 않아도
예쁘다

오래 보지 않아도
사랑스럽다

우리도 그렇다.

—「풀꽃」시 패러디

# 풀꽃 시의 현장

문학 강연장이나 풀꽃문학관을 찾아온 독자들로부터 가장 많이 받는 질문 가운데 하나가 어떻게 해서 「풀꽃」을 썼는가, 하는 것이다. 그 대상이 사랑하는 연인을 위한 것이 아니냐고 묻는 경우도 있다. 그렇다면 그렇고 아니라면 아닌 일이다. 먼저 「풀꽃」을 쓰게 된 배경을 밝히면 이러하다.

때는 2002년 봄. 나는 공주의 한 초등학교 교장으로 일하고 있었다. 그 학교는 전교생이 1백 명 조금 넘는 소규모 학교였는데 일주일에 두 시간씩 특기 적성 교육이라고 해서 목요일마다 오후 시간에 3학년부터 6학년까지 무학년제로 학급을 재편성하여 수업을 진행하고 있었다.

그런데 아무런 부서에도 안 들어가겠다는 성격이 모난 아이들이 여럿 나왔다. 명색이 특성 교육 시간이고 자율을 중시하는 학습인데 억지로 어떤 부서에 밀어 넣을 수도 없는 일이라서 담임선생님들에게 그런 아이들을 교장실로 보내달라고 부탁했다.

그렇게 해서 교장실에서 수업이 진행되었다. 수업이라

해서 일정한 커리큘럼 같은 것이 있었던 건 아니다. 그것은 아이들을 정해진 시간 데리고 있다가 담임교사들에게 돌려보내는 일종의 보모 역할 같은 것이기도 했다. 동화책 읽기, 옛날이야기 듣기, 동요 부르기, 글쓰기, 그런 것들로 시간을 채워나갔다.

하지만 아이들은 점점 내가 들려주는 옛날이야기에 흥미를 잃었고 책 읽기에도 글쓰기에도 심드렁해졌다. 이걸 어쩌나? 난감해진 나는 다른 방편을 찾아야만 했다. 그렇게 해서 생각해낸 것이 풀꽃 그림 그리기였다. 나의 경우 풀꽃 그림 한 장을 그리려면 한 시간은 족히 걸리니 아이들과 시간 보내기는 안성맞춤이지 싶었던 것이다.

"얘들아, 오늘은 밖으로 나가서 우리 풀꽃 그림을 그려보자. 필통과 책받침 하나씩 들고 학교 정원의 풀밭으로 나가자." 아이들은 교장실에서 풀려나는 것만 기분 좋아했다. 나는 종이를 한 묶음 들고 아이들을 따라 교사 밖으로 나가 학교 정원으로 향했다.

학교 정원이라야 보통 시골에서 보는 풀밭이고 거기에 몇 그루 나무가 서 있을 뿐이다. "선생님, 여기서 뭘 그려요?" 종이를 한 장씩 나누어 받은 아이들이 물었다. "얘들아, 선생님 말 잘 들어봐. 지금부터 풀꽃 그림을 그릴 거야. 우선 말이야. 여기 풀밭에서 자기가 좋아하는 풀꽃 하나씩을 찾아내어 천천히 그려보도록 하자."

아이들은 성미가 급하다. 말이 끝나기도 전에 흩어지더니 10분도 안 되어 풀꽃 그림을 다 그렸다고 종이를 들고 와 나에게 내밀었다. "선생님, 여기요. 다 그렸어요." 마침 나도 풀꽃 그림을 한 장 그려볼까 해서 풀꽃을 골라 구도를 잡고 있는데 아이들은 이렇게 벌써 다 그렸다고 그림을 내미는 것이었다.

아이들이 그린 풀꽃 그림은 풀꽃과 전혀 닮지 않은 그림이었다. 저희들 마음속에 든 풀꽃에 대한 어떤 개념(일반적인 생각, 고착된 선입견)을 그린 그림일 따름이었다. "얘들아, 풀꽃 그림을 이렇게 그리면 어떻게 하니? 교장선생님처럼 풀꽃을 자세히 보아야 하고 오래 보아야 한단다. 그러면 풀꽃들도 예쁘게 보이고 사랑스럽게 보인단다."

아이들은 순진하고 또 선량하다. "네." 약간은 짜증 섞인 타이름인데도 고분고분 대답하며 고개를 주억거린다. "그럼 다시 그리렴." 먼저 그림을 받고 종이 한 장씩을 다시 나누어주자 아이들은 종이를 받아들고 제자리로 돌아가는 것이었다. 그 예쁘고도 사랑스러운 뒤통수들이라니!

세상에 예쁘지 않은 아이들은 없다. 사랑스럽지 않은 아이들도 없다. 나는 그만 "사실은 너희들도 그렇단다"라고 중얼거리고 있었다. 그렇게 그날 풀꽃 그림 그리기 공부를 마치고 교장실로 돌아와 문득 쓴 글이 바로 「풀꽃」이었다. 아이들에게 한 말과 혼자서 중얼거린 말을 차례대로 쓰고 나서 제목을 '풀꽃'이라고 붙였던 것이다.

이렇게 쓰인 「풀꽃」은 2003년에 출간된 신작시집 맨 앞자리에 들어갔다. 이 시를 맨 처음 알아본 사람은 이해인 수녀 시인. 당신의 소식지에 이 시를 넣어 알렸고 몇몇 평론가가 또 언급해주기도 했다. 그러나 대대적으로 이 시가 독자들에게 알려진 것은 2012년 광화문 교보생명 글판에 올라가면서부터이고 또 탤런트 이종석이 주연한 연속극 〈학교 2013〉에 들어가면서부터다.

대중매체는 대단한 힘을 가졌다. 그로부터 그 시는 폭발적으로 독자들에게 알려지는 시가 되었다. 2015년에는 교보문고에서 자체로 설문조사를 실시한 결과 25년 동안 광화문 글판에 오른 69개 글 가운데서 가장 사랑받는 시로 뽑히는 영광을 얻기도 했다.

그뿐이랴. 공주문화원장으로 일하던 2014년에는 공주시의 도움으로 풀꽃문학관을 개관하고 역시 같은 해부터 공주시의 도움으로 풀꽃문학상을 제정, 전국적인 규모로 시상해오고 있다. 이 모두가 오로지 「풀꽃」 시 한 편이 나에게 가져다준 분에 넘치는 영예요 행운이다.

실상 풀꽃 시는 예쁘고 사랑스러운 사람을 대상으로 쓰인 작품이 아니다. 오히려 예쁘지 않고 사랑스럽지 않은 사람을 어떻게 하면 예쁘고 사랑스럽게 볼 것인가를 고민하다가 쓴 작품이다. 무릇, 시라는 문장은 있는 그대로 현상을 쓰는 것이 아니다. 그 너머의 소망을 쓰는 글이란 것을 알아야 한다.

그것은 그러하다. 내가 오늘 힘이 들고 어려운 처지의 사람이라고 하자. 그렇다 해도 있는 그대로를 쓰면 안 된다. 그런 중에도 내가 바라고 꿈꾸는 세계를 글로 담아내야만 한다. 그래서 보다 더 좋은 세상을 만들도록 해야 한다. 나의 마이너 시대, 마이너의 마음이 「풀꽃」을 쓰게 했다.

어쩌면 43년간 지루하게 이어져온 교직 생활이 「풀꽃」을 쓰게 했는지 모른다. 나아가 그것은 아이들이 준 상장이나 선물 같은 것인지도 모른다. 오늘에 이르러 그것은 눈물 나도록 고마운 일이다.

## 풀꽃 시의 속내

「풀꽃」은 일견 밋밋하여 그냥 아무렇게나 쉽게 쓰인 작품으로 보일 수 있다. 하지만 조금만 시의 속내를 알아보면 결코 그렇지 않다는 것을 알게 될 것이다. 먼저 시를 다시 읽어본다.

자세히 보아야
예쁘다

오래 보아야
사랑스럽다

너도 그렇다.

문장으로 보아서는 세 개의 문장이다. 제목이 '풀꽃'이니까 첫 문장과 둘째 문장은 풀꽃에 관한 내용이다. 예쁘지도 않고 사랑스럽지도 않은 풀꽃. 돌보아주는 사람도 없고 소중히 여기는 사람도 없는 풀꽃. 어디서나 자라는 흔하고 도 천한 풀꽃. 그런 풀꽃도 자세히 보고 오래 보기만 하면 예쁘고 사랑스럽다는 이야기이다.

나는 시의 표현법으로 반복·병치·변용을 중시한다. 반복이란 같은 단어나 문장을 되풀이하는 것이고, 병치란 비슷한 단어나 문장을 나란히 놓는 경우를 말한다. 1연과 2연이 바로 반복·병치의 표현이다. 다시금 시를 읽어보자. '자세히 보아야/예쁘다//오래(병치) 보아야(반복)/사랑스럽다(병치).'

그런가 하면 3연의 '너도 그렇다'는 변용의 실례다. 바로 또 이것이다. 시에서는 마지막 부분에 변용이 나와야 한다. 그래야만 감정의 반전이 일어나고 감동이 증폭된다. 더구나 이때의 '너'는 풀꽃이 아니고 사람이다. 바로 또 이것이다. 1연과 2연의 풀꽃(자연물)이 3연에 와서는 인간인 '너'로 바뀐다는 것! 이것은 의미적 변용이기도 하다.

젊은 시절 이래 나는 우리나라의 현대시만 읽은 것이 아니라, 중국의 한시도 읽고, 일본의 하이쿠俳句도 읽고, 시조시도 즐겨 읽어온 사람이다. 그러면서 몇 가지 암시받은 것들이 있다. 시는 될수록 짧아야 하고 간결해야 한다는 것. 그리고 간절하고 곡진해야 한다는 것. 깊은 마음을 담아내야 한다는 것.

동양 시의 원전은 중국의 한시다. 그중에도 당시唐詩이

다. 한시의 기본은 또 율시보다는 절구에 있다. 오언절구五言絶句라면 20자 안에 모든 것을 담아야 하고 칠언절구七言絶句일 때 27자 안에 모든 표현을 마쳐야 한다. 한자가 표의문자라는 것을 감안한다 하더라도 이것은 놀라운 절약이고 전략이다. 그리고 한시의 넉 줄은 자연과 인생의 변화와 흐름을 모방한 것이다. 이 또한 대단한 발견이며 적용이다.

그러면 우리의 시조는 어떠한가? 한시의 형식을 따르긴 했지만 그대로를 답습하지는 않는다. 한시의 넉 줄을 세 줄로 줄인 것이다. 그렇다면 한시의 기본형식인 기승전결起承轉結은 시조에서 어떻게 되는가? 시조의 초장은 그대로 한시의 기起이다. 그리고 중장은 승承이다. 그렇다면 전轉과 결結은? 여기서 시조의 묘미가 나온다. 종장에 전과 결이 함께 들어가도록 되어 있다.

이것은 참으로 놀라운 창안이며 고유함이다. 멋스러움이다. 종장의 첫 구인 '3, 5' 바로 이 부분이 전의 역할을 맡고, 둘째 구인 '4, 3' 이 부분이 결結의 역할을 하도록 되어 있다. 그래서 시조에서 가장 중하고 쓰기 어려운 부분이 바로 종장의 첫 구인 '3, 5' 그 부분인 것이다.

그러면 여기서 「풀꽃」으로 이야기를 돌려보자. 세 개의 문장으로 구성된 「풀꽃」. 첫 번째 문장(자세히 보아야/예쁘다)은 그대로 시조의 초장과 같다고 할 수 있다. 그리고 둘째 문장(오래 보아야/사랑스럽다)은 또 시조의 중장에 해당

한다. 이제 마지막 문장이 문제다. '너도 그렇다.' 이 다섯 글자를 어떻게 보아야 할 것인가?

그렇다. 다섯 글자를 두 부분으로 나누어 '너도'가 바로 시조의 종장 첫 구 부분이 되고 '그렇다'는 종장 둘째 구 부분이 되는 것이다. 한시로 본다면 '너도'가 전이 되고 '그렇다'가 결이 되는 셈이다. 이렇게 보면 「풀꽃」은 다만 단순한 시가 아니다. 저 중국의 한시로부터 시작하여 시조를 거쳐 오늘에 이른 시라고 보아야 한다.

그뿐이 아니다. 나는 일본의 하이쿠나 와카和歌도 읽은 사람이다. 그런 과정에서 일본 시의 간결미도 부지불식간에 배워왔을 것이다. 그러므로 「풀꽃」은 한시와 시조시의 영향뿐만 아니라 일본 시가의 냄새까지 고르게 스며 들어간 작품이라고 보아야 할 일이다.

# 사 인 한 장 의 힘

오늘도 풀꽃 사인을 했다. 몇 장을 했는지 모르게 많이 했다. 문학 강연장에서는 기본이고 풀꽃문학관에 머물 때 관광객들이 오면 관례처럼 풀꽃 사인을 청한다. 심지어 길 거리나 시장통에서도 나를 알아보는 독자들을 만나면 사인 을 해달라고 한다. 처음엔 쑥스러웠는데 이제는 당연한 듯 사인을 해준다.

사인을 할 때는 보통 자기 이름과 날짜 정도만 써주지만 나는 그것이 아무래도 밋밋한 것 같아서 상대방의 이름과 날짜, 나의 이름을 적고 그 아래에 「풀꽃」을 적어준다. 적어 주더라도 전문을 적어준다. 물론 비뚤거리는 문인 특유의 악필 글씨다.

그런데 그것이 아니다. 사인을 해주는 이쪽보다 사인을 받는 쪽의 반응이 심상치 않다. 어떤 경우엔 가슴이 떨린다 고 말하기도 하고 정말로 가슴을 쓸어내리는 사람도 있다. 종이에 적는 글자의 수가 많다 보니 시간이 꽤나 걸린다. 뒤에 줄을 선 사람들에겐 인내심이 요구되기도 한다. 그렇지만 개의치 않고 조용히 기다린다.

어른들만 그런 것이 아니고 어린 학생들, 심지어 초등학교 학생들까지 길게 줄을 서서 사인을 받는다. 그런 것을 보면 학교 선생님들도 놀라워하면서 나중에는 자기들도 사인을 해달라고 줄을 선다. 말하자면 아이들을 통해서 어른들이 배우는 공부다.

나 자신도 놀란다. 그냥 종잇장 한 장에 쓴 사인이다. 그런데 어떤 아이들은 자기 이름을 써야 할 자리에 어머니나 아버지, 언니나 동생 이름을 대신 써달라는 아이들도 있다. 그래 내가 한 사인이 무슨 무당의 부적이라도 된단 말인가! 눈물겨운 일이다. 그래서 나는 작은 글씨로 '효자 아들을 두어서 기쁘시겠습니다', '효녀 딸을 두셔서 좋으시겠습니다'라고 써주기도 한다.

가져다가 조금만 보고 버려도 좋고 아무렇게나 처박아두어도 좋겠다. 문제는 한순간만이라도 이런 사인을 원하고 이런 사인을 소중히 여기는 마음이다. 이런 마음을 더욱 기르고 간직하면 세상의 모든 것들을 소중히 아름답게 보는 눈이 생길 것이고, 그렇게 살다 보면 필경 그의 인생조차 아름답게 될 것이고 성실한 인생, 성공한 인생이 될 것이다.

그래서 나는 학교에서 사인을 하다가 미처 못 해준 아이들이 있으면 그 아이들의 이름을 적어가지고 집으로 돌아와 시간이 날 때 차근차근 사인을 해서 학교로 보내주곤 한다. 그런 학교, 그런 아이들이 많다 보니 때로는 중노동이다 싫고 길게는 일주일을 두고 해야 할 때도 있다. 하지만 귀찮다는 생각을 떨치고 열심히 사인을 해서 학교로 보내준다.

요는 약속이다. 더구나 어린 사람들과의 약속이다. 시를 쓴다는 사람이 아이들에게 사인을 해준다고 말해놓고 그것을 지키지 않으면 아이들은 그럴 것이다. '말 따로 행동 따로'라고. 그래서 그 아이들은 약속을 적당히 지키지 않아도 된다는 것까지도 부지불식간에 배우게 될 것이다. 어른들이 아이들에게 한 약속을 지키면 아이들은 저절로 약속을 지키는 아이들이 될 것이다. 그것은 분명한 일이다. 그래서 나는 내가 하는 사인 한 장이 매우 중요하다고 생각한다.

이렇게 사인을 할 때는 사인을 해주는 사람과 받는 사람 사이의 교감이 중요하다. 그냥 아무렇게나 형식적으로 해주는 사인이 아니라 정성껏 해주는 사인이라는 걸 저쪽이 알도록 해야 한다. 그야말로 그 관계는 일 대 다수의 관계가 아니라 일 대 일의 관계이다. 또 그것은 복사본이 아니고 유일본이다. 하기는 우리네 인생이 유일본이고 우리 자신이 유일본이다. 이런 데서도 우리는 상호 간 자존감을 깨우칠 수 있는 일이다.

# 세종임금님 생각

'우리나라 말이 중국과 달라 한자와는 서로 통하지 아니하여서 이런 까닭으로 어리석은 백성이 말하고자 하는 바가 있어도 마침내 제 뜻을 펴지 못하는 사람이 많구나. 내가 이것을 가엾게 생각하여 새로 스물여덟 글자를 만드니, 모든 사람들로 하여금 쉽게 익혀서 날마다 쓰는 데 편하게 하고자 할 따름이다.'

참 아름다운 문장이다. 이것은 세종임금님이 집현전 학사들을 시켜서 한글을 창제하고 한글에 대해서 설명하는 책(『훈민정음 해례본』)에서 서문으로 쓰신 말씀이다. 아는 바와 같이 한글의 본래 이름은 훈민정음, '백성을 가르치는 바른 소리'였다.

한글이야말로 가장 과학적인 글자요 아름다운 글자란 것을 우리는 모두 인정한다. 한글이 얼마나 고마운 글인가. 만약에 우리에게 한글이 없었다면 우리는 어떤 백성이 되었을까? 생각만 해도 소름이 끼치는 일이다. 외국인들이 너희 나라에도 문자가 있느냐고 물었을 때, 그렇다, 우리는 한글이라는 우리의 글을 쓰고 있다고 말할 수 있어서 얼마나 다행스럽고 당당한 노릇인가.

오늘날 우리의 문학 작품은 모두가 한글로 표현된 문장으로 되어 있다. 시도 물론 그렇다. 그런데 시가 너무나 까다롭고 어렵다. 독자들이 가까이하기가 어렵다. 이는 세종임금의 한글 창제 정신에 어긋나는 일이다. 너나없이 우리는 세종임금이 말씀한 대로 '어리석은 백성'이다. 그런데 소수의 어리석은 백성(시인)이 다수의 어리석은 백성(독자)을 힘들게 하고 있다. '쉽게 익혀서 날마다 쓰는 데 편하게 하'는 글(시)을 쓰지 못하고 있는 것이다.

이것은 그야말로 세종임금의 한글 창제 정신에 어긋나는 일이다. 세종임금이 한글을 만드실 때, 최만리 같은 학자는 자신이 집현전을 실질적으로 관장하는 장관격인 부제학이면서도 한글 창제를 반대하는 상소를 올렸다고 한다. 성리학의 교리와 중국을 섬기는 사대사상에서 그랬다는데 두고두고 비웃음거리라 할 만하다.

그런데 오늘날 최만리 같은 시인들이 너무나 많음을 보면서 답답하고 섭섭한 마음이 없지 않다. 시를 너무 요설로 쓰고 있고, 복잡하게 쓰고 있고, 어렵게 쓰고 있다. 그래서 어떤 일이 일어나겠는가? 시집이 안 팔리고 독자들이 시를 멀리하는 일밖에는 일어나지 않는다.

제발 세종임금을 생각하면서 시를 쓰자. 한글 창제의 정신을 떠올리면서 시를 쓰자. 좀 더 쉽게 쓰고, 단순하게 쓰고, 짧게 쓰자. 그러할 때 독자들은 시를 즐겨 읽어줄 것이며 시집은 다시 독자들 손에 즐겨 들려질 것이다. 세종임금이 좋아하실 일이다.

# 첫 번째 풀꽃 시비

오늘, 또다시 부산에 다녀왔다. 해마다 불러주는 영산대
학교 저녁 강의로 약속이 잡힌 날이다. 오늘은 다른 때보다
더 아침 일찍 서둘러 부산 가는 기차를 탔다. 몇 가지 미루
었던 일을 하기 위해서였다.

우선은 예원이를 만나야 했다. 예원이는 올해 대학을 졸
업한 젊은이로 나의 시를 특히 좋아해서 나의 시에 해설을
달아 책을 내기로 한 친구다. 책에 대한 이야기를 나누어야
하기도 했지만 오래전부터 부산의 밀면을 한번 먹어보자
그래서 그것을 실천해보고 싶었던 것이다.

열두 시쯤 부산역에 마중 나온 예원이와 조우. 예원이의
안내로 역 앞에 있는 밀면집에서 만두와 함께 밀면을 먹었
다. 나는 물냉면. 예원이는 비빔냉면. 고명으로 고기를 얇게
썰어서 부친 고기전이 올라와 있어 맛이 특별했다.

다음 코스는 당감2동에 있는 나의 풀꽃 시비를 만나보
는 일이다. 부산에 여러 차례 강연하러 갔으면서도 일정이
맞지 않아 미루고 미루었던 일이다. 나의 시 가운데 시비가

가장 많이 세워진 시는 「풀꽃」이다. 내가 모르는 어느 장소
에 나도 모르는 사이 여기저기 풀꽃 시비가 세워졌다.

그러나 그 많은 풀꽃 시비 가운데서도 가장 먼저 세워진
시비는 부산의 당감2동의 동비洞碑로 세워진 풀꽃 시비이
다. 2006년도 내가 병원에서 크게 앓을 때 당감2동의 공무
원이 찾아와 시비를 세워도 좋겠느냐, 승낙을 받아간 것이
기억나는데 그 뒤로 한 번도 와본 적이 없었던 것이다.

예원이의 친절한 안내로 시비를 쉽게 찾을 수 있었다. 언
젠가 신문에서 본 것처럼 시비는 거리의 중간 조그만 공터
에 세워져 있었다. 오래전에 세워진 시비. 나로서는 첫 번째
로 세워진 풀꽃 시비. 새롭게 만나는 마음이 또한 새로웠다.

예원이랑 여러 장의 사진을 찍고 그다음은 최인석 변호
사 사무실을 찾는 순서. 최인석 변호사는 제주지방법원장
과 울산지방법원장을 지낸 원로 법조인이다. 지난번 퇴임
과 함께 고향인 부산에 변호사 사무실을 냈다는 소식을 들
었다.

한번 찾아뵙자 말씀만 전했지 그동안 찾지 못했는데 이
번 기회에 방문하게 되어 좋았다. 언제 만나도 은은한 마음
의 품격이 드러나는 분. 서글한 눈매에 미소가 늘 향기로운
분. 예원이랑 한동안 사무실에 앉아서 이런저런 이야기를
나누다가 사무실을 물러났다.

그렇게 하지 않아도 좋은데 최 변호사는 엘리베이터로

6층에서 바닥까지 내려와 배웅해주면서 차비에 보태라며 봉투까지 나에게 건넸다. 그러나 나는 극구 사양했다. 지금이 그럴 때가 아니고 내가 또 그럴 때가 아니다.

이제 내 나이가 몇인가. 이렇게 다녀가는 것만도 기쁘고 좋은데 차비까지 챙겨서 되겠는가. 이런 나의 뜻을 좋게 받아들여 변호사는 돈이 든 봉투를 다시 당신의 주머니에 넣었다. 기분이 썩 좋았다. 홀가분했다. 그것은 어쩌면 피차 같은 심정이었을 것이다.

저녁 시간 예정된 강의를 위해 영산대학교로 향했다. 너무 시간이 일러 예원이가 나와 함께 대학 구내의 카페에서 앉아 있다가 갔다. 이제, 시간에 맞추어 강의만 마치면 된다. 하루가 참 길게 진지하게 지나갔다. 그러나 지루하지는 않았다.

오늘은 그동안 미루었던 여러 가지 일들을 한꺼번에 할 수 있었으니 참으로 좋은 날이다. 생각해보면 이것도 나로서는 버킷리스트 가운데 하나가 아닌가 싶다. 아니다. 나에게는 날마다 버킷리스트를 이루는 한 날 한 날의 연속이다.

# 유용한 시

나는 나의 시가 최고급의 시가 되기를 바라지 않는다. 될수록 쉽고 읽기 편해서 보다 많은 사람들이 나의 시를 읽고 내가 시를 썼을 때의 느낌을 함께해주기를 바란다. 그런 점에서 나는 독자와 하나가 되기를 소망하고 또 그러기 위해서 노력한다.

나는 결코 내가 유명한 시인이 되기를 바라지 않고 나의 시 또한 유명한 시가 되라고 요구하고 싶지 않다. 다만 삶에 지치고 힘든 사람들에게 가서 그들의 조그만 손수건이 되고 꽃다발이 되고 그들의 어깨에 조용히 얹히는 손길이 되기를 바란다. 유명한 시보다는 유용한 시이다.

어디까지나 시가 실용품이 되어야 한다는 것이 나의 주장이고 포부다. 인간은 자기에게 필요한 사람을 사랑하고 자기에게 필요한 사물을 선택하게 마련이다. 시도 마찬가지다. 필요한 시, 유용한 시가 되어야 한다. 그 무엇으로도 대체 불가능한 시가 된다면 더욱 좋을 것이다.

그러므로 나의 시는 짧아질 만큼 짧아져야 하겠고 단순

해질 만큼 단순해져야 하겠고 쉬워질 만큼 쉬워지되 그 바탕만은 인간 정서의 근원에 가 닿는 그런 시가 되기를 주문한다. 그러면서도 끝까지 잃지 말아야 할 것은 인간성의 회복이고 독자와의 교감이겠다.

그래서 나는 새로운 시의 조건으로 다음과 같이 네 가지를 나에게 주문한다. 짧다short. 단순하다simple. 쉽다easy. 감동이 있다impact. 얼핏 쉬운 일 같아 보이지만 어려운 일이다. 읽기 쉬운 시가 읽기 어려운 시보다 쓰기 쉬우란 법은 없다. 오히려 그것은 더 어려운 법이다. "읽기에 쉬운 글이 읽기 어려운 글보다 쓰기가 어렵다." 이것은 헤밍웨이의 말이다. 감동적인 글을 쓴다는 것은 더욱 힘든 일이다.

나아가, 한 시인의 대표작을 결정하는 사람은 시인 자신이 아니고 독자들이란 것을 알았으니 다행이다. 시는 쓸 때까지만 시인의 것이고 일단 쓴 다음에는 독자들의 것이다. 독자들을 위한 시, 독자들을 울리는 시, 독자들과 소통하는 시, 독자들과 함께하는 시, 그러한 시가 오래 살아남는 시가 된다는 것은 이미 자명한 일이다.

# 내가 살고 싶은 세상

나는 이제 늙었다. 될수록 조그맣게 살고 싶고 단순하게 살고 싶다. 낮은음자리표로 살고 싶다. 그 대신 남들에게 잘해주면서 살고 싶고, 아이들과 한 조그만 약속을 지키며 살고 싶고, 거짓말을 하지 않고 살고 싶다.

나의 시도 늙었다. 될수록 작고 단순하고 쉬운 시를 쓰고 싶다. 그 대신 깊은 울림을 간직한 시, 임팩트 있는 시를 쓰고 싶다. 나의 이야기지만 곧바로 너의 이야기가 될 수 있는 시, 한글을 아는 사람이면 누구나 읽어서 이내 알 수 있는 그런 시를 쓰고 싶다. 그러하다. 부산의 예원이가 말해준 대로 세종대왕을 늘 생각하면서 시를 쓰는 시인이 되고 싶다.

조그만 늙은 남자. 조그만 늙은 시. 그것이 요즘 내가 꿈꾸는 나의 자화상이며, 내가 꿈꾸는 시의 세계이며, 또 내가 살고 싶은 바로 그 세상이다.

## 혜화동입니다

내가 편운 조병화 선생을 처음 알게 된 것은 1960년대 초, 공주에서 공주사범학교에 다니던 시절이었다. 공주사범학교는 초등학교 선생을 길러내는 학교였는데 나는 그 학교를 다니면서 선생 될 공부는 안 하고 시인 될 공부만 하고 있었다. 물론 책으로써였다. 편운 선생의 시는 시집으로서가 아니라 『밤이 가면 아침이 온다』란 시 해설집으로 처음 읽었다. 그 책은 그 시절 드물게 모조지로 만들어진 책인데 그 안에 아주 많은 시들이 편운 선생의 유려한 산문과 함께 실려 있었다. 단박에 그 시 세계가 좋았다. 하나의 끌림 같은 현상이었다.

사범학교를 졸업하고 1년 동안 발령을 받지 못하고 방황하며 떠돈 적이 있었다. 서울에서 몇 달 서성인 적이 있었다. 그때 명동에서 무하문화사를 차리고 있던 문둥이 시인 한하운 선생을 만나러 다니기도 했고, 공덕동의 미당 서정주 선생을 뵈러 가기도 했는데, 내친걸음 몇 분 더 만나보고 싶은 시인들이 있었다. 박목월 선생, 고은 시인과 함께 조병화 선생이었다. 박목월 선생 댁으로 전화 걸었더니 서울서 그러지 말고 시집이나 몇 권 사가지고 시골집으로 돌아가 공부하며 교사 발령을 기다리란 말씀이었고, 고은 시인은 한번 선학원에 놀러오라 말씀했다.

그리고 편운 선생 댁에서는 집안일을 하는 듯한 여인네가 전화를 받았는데 조심스러운 말투로 "선생님은 지금 외국 여행 중이라 부재 중"이라는 전언이었다. 아, 외국 여행! 그것이 1963년 5월 어느 날. 그것은 그 시절 꿈만 같은 일이었다. 얼마 지나지 않아 나는 서점에서 『기다리며 사는 사람들』이란 선생의 시집을 보았다. "혜화동입니다." 나직하게 전화를 받던 그 여인네는 지금 어디에 살고 있을까? 외국 여행 중이라던 편운 선생은 지금 어느 나라를 여행하고 계실까? 길거리 공중전화 박스에 동전을 넣고 두리번거리며 전화를 걸던 떠꺼머리 열아홉 살짜리 시인 지망생 나태주는 또 어디에 있는 걸까? 모두가 그립고 안타까운 마음일 따름이다.

# 보편에 이르는 길

평생 시를 쓰면서 산 사람으로서 늘 생각하는 문제는 시 작품에서의 특수성과 보편성에 대한 문제다. 시 작품에 있어서 우선은 특수성이 있어야 한다. 그 작품이 지닌 오직 특별한 성질, 특성, 개성을 말한다. 그러나 시 작품이 거기서 멈추어서는 안 된다. 독자 대중에게 널리 적용되어 읽히는 보편성이 있어야 한다. 그 두 가지를 고루 갖출 때 시 작품은 아우라를 얻는다.

인생도 마찬가지다. 젊은 시절은 특수성의 시대다. 에고가 보다 강력한 시기이고, 자기 나름 공적을 쌓아야 하고 자기를 완성해야 하는 시기이기에 특수성에 치우친 삶을 살도록 되어 있다. 조금은 이기적이고 격정적인 삶이라 할 것이다. 모난 삶이고 뾰족한 각의 인생이라고도 할 것이다. 그래서 보편성에 이르기가 쉽지 않다. 어쩌면 이것은 당연한 현상인지 모른다.

하지만 사람이 나이가 들면 좀 달라져야 한다. 나만 해도 70살 이전까지는 나만 챙기는 이기적인 쪽에 좀 더 치우친 인간이었고 조급하고 뾰족하고 날이 선 인간이었다. 그러나 70살 나이를 넘기면서부터 조금씩 변하기 시작해서 이제는 많이 느슨한 인간이 되었다. 스스로 다행스러운 일이고 감사한 노릇이다.

보편에 이르는 길. 그것은 먼저 자기 것을 포기하고 내려놓는 데서부터 출발한다. 진정으로 나이가 든 사람이 되면 많은 것을 포기하고 내려놓게 된다. 그래야 한다. 먹고, 입고, 사는 것들에 목을 매고 살던 시절에서 한발 물러나 조금쯤 그런 것들을 포기하면서 살아야 한다. 그러할 때 느슨하고 넓고 부드러운 세상이 열린다. 젊은 시절과는 전혀 다른 인간상이 허락된다.

그다음은 타인의 다름을 인정하는 마음이 있어야 한다. 우리는 그동안 '틀리다'와 '다르다'를 같은 의미망 안에 넣고 살아왔다. 하나의 혼동이다. 그 둘을 구별해야 한다. 상대방의 다름을 선선하게 인정해야 한다. 다름의 가치와 존재를 인정할 때 마음의 안정이 오고 진정한 평화가 깃든다. 이것이 또 보편에 이르는 길이다.

이렇게 될 때 나는 너이고 네가 나인 세상이 열린다. 네가 나와 다르지 않고 내가 또 너와 다르지 않다고 여겨질 때 보편의 세상은 활짝 꽃으로 피어난다. 나아가, 물아일체의 세상이 열리고 민족공통, 인류공통, 세계공통의 원융이 출발한다. 봉사, 희생, 도네이션과 같은 미덕들도 보편성의 가치를 깨달았을 때 가능해지는 실천들이다.

시 작품에서도 진정으로 소망스러운 것은 특수성과 함께 보편성을 갖는 일이다. 일차적으로 어려운 것이 특수성이라지만 보편성을 얻기란 더욱 어려운 일이다. 우선은 나의 삶과 느낌을 표현한 작품이다. 그 작품이 이 시대를 사는 이 세상 모든 사람들에게 공감을 얻을 때 그 작품은 진정으로 생명력을 얻게 될 것이다.

여기에 보태어 요구되는 것은 그 밑바탕에 깔리는 선한 의지이다. 아무리 좋은 특수요 보편이라 해도 그 바탕이 선하지 않으면 안 된다. 무엇이 선하냐 선하지 않으냐를 분명히 밝히는 일은 어려운 일이라 해도, 생명을 살리고 타인을 위한 선한 의지가 기본에 깔리지 않으면 그 특수나 보편은 악으로 기울게 되고 생명과 세상을 파괴하는 부정적 요인으로 작용하게 될 것이라는 생각이다.

## 소지영월

그녀는 중국의 여인. 더 정확히 말한다면 한국 남자에게
시집온 중국 여인, 스스로 중국의 딸이요 한국의 며느리라
고 말한다. 한중문화우호협회장. 한국과 중국의 민간외교
의 사령탑 일을 맡고 있다. 그 이름은 취환曲歡.

이런 여인을 내가 어떻게 만났겠나? 지난해 초쯤이었을
것이다. 집에서 글을 쓰고 있는데 공주시청으로부터 전갈
이 왔다. 외국인 한 사람이 나를 풀꽃문학관에서 보고 싶어
한다고. 전화해준 사람이 또 내가 평소 좋아하던 유병덕 부
시장이었다.

부랴부랴 외출복으로 갈아입고 자전거를 타고 문학관으
로 향했다. 자전거에서 내려 언덕길을 올라 주차장 쪽으로
향하는데 저만큼 문학관으로 가는 한 무리의 사람들이 보
였다. 그 가운데 시청 직원들도 보였다.

내가 다가가자 유병덕 부시장이 반색하며 일행 중의 한
여인을 소개해주었다. 키가 헌칠하니 크고 눈이 호동그란
미인형의 여성이었다. 그 여인은 대뜸 나에게 호감을 보이

면서 내가 타고 온 자전거에 관심을 보였다. 자전거를 탈 줄 아느냐 물었더니 잘 탄다고 대답하여 그럼 타보라 했더니 망설임 없이 내 자전거에 올라 주차장 공터를 한 바퀴 비잉 돌았다.

주변 사람들이 환호성을 지르고 카메라로 사진을 찍고 떠들썩한 분위기가 되었다. 그렇게 만난 사람이 바로 취환 회장이다. 우리는 곧바로 문학관으로 올라가 여러 가지 이야기를 나누고 내 오르간 반주에 맞추어 동요도 여러 곡 불렀다. 일행은 쉽게 따라서 노래를 불렀고 취환 회장도 노래를 불렀다. 분위기는 〈풀꽃〉 노래를 부를 때 고조되었다. 시키지도 않았는데 입을 모아 합창을 하고 팔을 들어 물결 무늬 춤을 연출하기도 했다.

그다음은 내 책에 사인을 하는 시간. 일행의 이름을 물어 사인을 할 때 취환 회장과 일행 중 한 여인이 내 앞으로 와서 중국 노래를 불러주었다. 가사는 알 수 없지만 그 사부랑대면서 꼬불탕꼬불탕한 중국 노래가 내 마음을 설레게 했다. 사인을 하는 손이 가늘게 떨리기까지 했다.

그렇게 한 차례 만난 이래 몇 번을 더 취환 회장과 만났다. 만날 때는 언제나 유병덕 부시장이 주선을 했고 또 함께 자리해주었다. 고마운 마음. 그런 뒤 나는 취환 회장을 위해 세 차례나 시를 써서 주었다. 그 가운데 한 편을 옮기면 이러하다.

꿈속에서 만났던 사람인가요

그림 속에 숨었던 가인인가요

만났어도 만난 것 같지 않고

헤어져 있는 날도 함께인 그대


달빛 타고 내려온 무지개인가

아닌 봄날 피어난 모란꽃인가

멀리서 혼자서 생각만 해도

천만리 강물 되어 흐르는 그대.


—「봄 꿈」 전문


　　지난 10월에 열린 제1회 풀꽃문학축제에 나는 취환 회
장을 공주로 초청해서 토크쇼의 자리를 가졌다. 알제리에
서 온 샤히라와 한국의 시인 두 사람과 나, 그렇게 다섯 사
람이 함께한 자리였다. 그 자리에서 한 취환 회장의 말이
오래 기억에 남는다. 그것은 풀꽃문학관에 관한 내용이다.
　　"공주는 유네스코 문화유산의 도시입니다. 유서 깊고 아
름다운 경치가 많고 가치 있는 역사 자원이 많습니다. 그
대표적인 것이 공산과 무령왕릉, 마곡사입니다. 그러나 그
런 자취들은 과거의 것이거나 움직이지 않는 대상들입니
다. 그에 비하여 풀꽃문학관은 오늘의 것이고 미래의 것입

니다. 작지만 살아서 성장하고 숨 쉬는 생명체 같은 것입니다. 이를 중국의 사자성어로 표현하자면 소지영월小池影月이 될 것입니다."

소지영월. 작은 연못이지만 달그림자를 품어 안는다는 뜻이다. 풀꽃문학관이 비록 작고 외모는 초라하지만 그 내용에 있어서는 유일한 것이고 살아서 숨 쉬는 집이라는 것을 조용하면서도 힘 있게 웅변해주는 비유의 말이기도 했다. 제발 앞으로 풀꽃문학관이 그렇게 되기를 소망하는 마음이다.

## 시는 빨래다

요즘, 강연장에 나가 강연을 마치고 질의응답 시간에 뜻 있는 독자들로부터 자주 받는 질문이 있다. "어떻게 하면 그렇게 아름다운 말, 고운 말로 시를 쓸 수 있느냐?"는 질문이다.

약간은 당황하면서 답하는 나의 말은 이렇다. "실은 내 마음이 아름답지 않고, 밝지 않고, 선하지 않고, 오히려 추하고 어둡고 우울하기 때문에 아름다운 말, 고운 말, 밝은 말로 시를 씁니다."

이것은 하나의 반전이다. 거꾸로 들여다보기다. 생각해보니 그건 과연 그러하다. 내 마음이 얼마나 지저분하고 추악한가. 얼마나 자주 후질러지고 자주 어두워지고 자주 고꾸라지는가. 그렇다고 그걸 그대로 곧이곧대로 시로 쓸 수는 없지 않은가!

나는 청소년 시절부터 세상에 보내는 러브레터가 시라고 생각하면서 시를 써온 사람이다. 러브레터는 아름다운 마음, 울렁이는 마음, 사랑하는 마음이 재료이고, 예쁘고 좋은 표현이 그 방법이다.

그렇다면 시도 그렇게 써야 함이 마땅한 일이다. 그래서 나는 시를 빨래라고 생각한다. 아니, 빨래하는 일이라고 생각한다. 옷이 더러워지면 세탁하고, 몸이 더러워지면 목욕을 하고, 걸레가 더러워지면 빤다.

바로 그것이다. 빤다. 걸레다. 당신, 사람 마음이 걸레라고 말하면 대번에 기분이 상할 것이다. 화가 날지도 모른다. 그러나 알아야 한다. 걸레란 처음부터 더러운 것이 아니고 처음에는 아주 깨끗한 것이었다는 사실!

사람이 더러운 곳을 닦아서 더러워진 것이다. 우리의 마음도 그러하다. 처음에는 깨끗한 것이었는데 우리가 잘못 써먹어서 그렇게 후질러서 그런 것이다. 마땅히 빨아야 한다. 그 빠는 방법이 바로 시를 읽는 것이고 시를 쓰는 것이다. 이것이 오늘에 이른 나의 생각이고 주장이고 태도다.

더불어 여기에 다시금 써본다. '시는 세상에 보내는 러브레터'이고 '시인은 세상 사람들 마음을 달래주는 감정의 서비스맨'이고 '시는 마음을 빠는 빨래'다. 스스로 잊지 말아야 할 명제다.

## 땅이 받아준다는 것

풀꽃문학관을 만들고 얼마 지나지 않아서의 일이다. 풀꽃문학관 건물은 일본식 건물이고 실지로 적산가옥을 복원하여 만든 집이다. 집의 구조가 낯설고 또 집의 위치가 봉황산 기슭에 바짝 붙어 있을뿐더러 시가지에서 떨어진 곳에 있어서 약간은 우뚜름한 기운이 없지 않았다.

문학관에서 봉사활동으로 근무하는 여성들은 낮에도 혼자 있기가 무서운 느낌이 든다고 말하곤 했다. 남자이긴 하지만 그런 느낌은 나에게도 마찬가지였다. 어쩌면 좋지? 생각 끝에 나는 문학관에 자주 머물며 일을 많이 하기로 했다. 일이라 해도 직접 몸으로 수고하는 일이다.

마당 쓸기, 꽃밭 만들기, 수채 치우기, 풀 뽑기, 나무 심기와 나무 가꾸기 등. 찾아보니 일은 수없이 많았다. 몸으로 하는 일은 고달프다. 하지만 일을 하면서 조금씩 문학관과 친해진다는 느낌이 왔다. 아니, 문학관 주변의 사물들과 주변 환경들과 그랬다.

특히 문학관 마당의 흙과 조금씩 가까워진다는 느낌이

들었다. 마당의 낙엽이나 흙을 빗자루로 쓸어 쓰레기가 나오면 그것을 다른 곳에 버리지 않고 마당의 흙을 파서 거기에 묻곤 했다. 이런 일은 괜히 하는 것이 아니다. 그곳의 땅과 친해지기 위해서 하는 행동이다. 아니나 다를까. 드디어 문학관의 땅이 나를 받아준다는 생각이 들기에 이르렀다.

받아준다는 것! 그것은 기분 좋은 일이다. 주로 사람 사이에서 이야기되는 일이지만 인간과 자연, 인간과 사물, 인간과 세상 사이에서도 일어날 수 있는 일이다. 받아준다는 것은 혼자서 가능한 일이 아니다. 주체들 간의 상호 평등과 협동과 한쪽으로 기울지 않는 호혜 관계가 전제될 때만 가능한 일이다.

흔히들 인간이 자연을 상대할 때는 인간 본위가 되기 쉽다. 모든 주도권이 인간에게만 있다는 생각이 그것이다. 하지만 인간도 자연의 일부란 것을 잊어서는 안 된다. 어떠한 경우에는 인간 자신보다 자연을 앞세워야 할 때가 있다. 굳이 종속관계는 아니라지만 자연 앞에 인간을 너무 부풀려서는 안 된다는 말이다.

등산가들이 하는 말. 산이 사람을 받아주어야 그 산에 오를 수 있다! 어부들이 하는 말. 바다가 사람을 받아주어야만 고기잡이를 나갈 수 있다! 다 같이 신비하고도 좋은 말씀이다. 이에 이어서 나는 말하고 싶다. 문학관의 땅이 나를 받아주어야만 내가 문학관에 들어갈 수 있다.

그건 그러하다. 조금씩 풀꽃문학관이 정다운 느낌이 들기 시작했다. 무서운 생각이 가셔졌다. 어떤 때는 밤중에 혼자 문학관에 나가 일을 봐도 무서운 생각이 들지 않았다. 이 집이 나와 하나라는 것. 문학관의 땅이 나와 가깝다는 생각. 문학관과 내가 둘이 아니라는 것. 그것은 참으로 좋은 느낌이고 생각이다.

요즘은 봄철을 앞두고 문학관에 나가 땅을 파고 흙을 고르면서 꽃나무들을 옮겨주는 일을 하고 있다. 문학관 마당을 쓸어서 잡동사니가 나오면 문학관 마당에 구덩이를 만들고 거기에 묻어주기도 한다. 문학관 마당의 흙이 줄어드는 것을 막기 위한 노력이다. 앞으로 더욱 문학관의 땅이 나를 받아주기를 바란다. 문학관의 흙과 내가 하나가 되기를 꿈꾼다.

# 꽃들이 살다 간 자리

'주여, 때가 왔습니다./여름은 참으로 위대했습니다.' 올해처럼 릴케의 시 「가을날」이 간절하게 생각났던 여름도 없었던 것 같다. 참말로 지난여름은 위대함을 넘어서 폭력적이었다. 따갑다 못해 아프기까지 한 햇빛과 끝도 없이 이어지던 가뭄. 하지만 태풍 소식 뒤에 비가 며칠 내리더니 금세 날씨가 변해버리고 말았다.

과연 절기만은 속일 수가 없는 거구나 그런 생각을 하게 된다. 며칠 내리던 비가 멈추고 해가 나자 대번에 달라진 세상을 느낄 수 있었다. 몰라보게 햇빛이 순해진 것은 물론이고 비를 맞고 난 나무의 푸름은 더욱 짙어지고 그늘은 더욱 깊어져 있었다. 더구나 문학관 처마 밑 물받이 옆에 자리 잡은 구절초 한 송이가 벌써 새하얀 꽃을 피우고 있는 것을 볼 수 있었다.

올해 들어서 가장 먼저 만나는 구절초 꽃이다. 나는 구절초가 있는 곳으로 가서 물끄러미 내려다본다. 이삼 년 전에 심어 가꾸지도 않았는데 저절로 나서 자리를 잡고 살던 구절초다. 작년엔 아주 많은 꽃들을 피웠다. 그런데 이상한 일은 지난해 꽃을 많이 피운 부분의 구절초들이 죽어가고 있다는 것이다. 나는 그 부분의 구절초들을 뽑아냈다.

꽃을 기르다 보면 이런 경우를 자주 보게 된다. 흔히들 꽃들은 한자리에서 붙박이로 살면서 꽃을 피우는 줄 알지만 그렇지 않다. 꽃들도 옮겨 다니며 산다. 몇 년 살았으면 그 자리를 비우고 다른 자리로 옮겨간다. 그러지 않으면 스스로 죽게 된다. 그래서 다른 식물들에게 그 자리를 내어준다. 참으로 놀라운 일이고 신비한 일이다.

맨 처음 구절초를 심었던 자리는 뒤 뜨락 돌 담장 위의 꽃밭이다. 그런데 해가 가면서 그 자리에 있던 구절초들이 뛰어내려 마당에서 자라는 걸 보게 된다. 이제는 본래 꽃을 심었던 자리보다 아래쪽 마당에 더 많은 구절초들이 자라고 있음을 본다. 이런 경우는 다른 꽃들도 마찬가지다. 숙근초라고 할 수 있는 아이리스나 비비추 같은 꽃들이 그렇다.

몇 해 동안 한자리에서 꽃을 피우고 나면 그 꽃들을 캐서 포기 나누기를 한 다음 다시 심어야만 한다. 그래야 뿌리가 실하고 꽃들이 예쁘게 핀다. 이런 꽃들을 보면서 나는 우리네 인간의 일들을 돌이켜보기도 한다. 젊은 시절 나는 초등학교 선생으로 이 학교 저 학교 옮겨 다니면서 근무하는 처지가 매우 힘들었고 싫었다.

그래서 나도 대학교 교수가 한번 되어보고 싶었다. 정

년 때까지 한 학교에서 근무하는 대학교 교수들이 부러웠고 좋아 보였기 때문이다. 그러나 끝내 나는 대학교 교수가 되지 못하고 초등학교 교사로서 여러 학교를 떠돌아다니며 생활하다가 정년퇴임의 날을 맞았다. 지금 와서 보면 오히려 그것이 나의 인생에 좋은 영향을 주었다는 생각이 든다.

인간은 자신의 일에 관한 한 당장은 잘 알지 못하는 어리석음이 있다. 일단은 세월이 지나가고 나이를 먹어보아야만 그 시절 나의 일을 깨달아 알게 된다. 당장은 그것이 힘들고 어려운 일 같아 보이고 손해 보는 것 같아도, 지나고 보면 그것이 오히려 좋은 일이었고 유익한 일이었다는 것을 깨닫게 된다.

문학관의 꽃들이 옮겨 다니며 살듯이 인간도 옮겨 다니며 살도록 되어 있다. 그렇다. 그것이 정상적인 삶이다. 한 자리에 붙박여 사는 것보다는 옮겨 다니며 사는 삶이 더 좋은 삶이고 건강한 삶이다. 그런 점에서 문학관의 꽃들은 나에게 많은 것들을 보여주고 또 가르쳐준다. 스승이다. 오히려 꽃들이 인간의 스승이다.

인간도 마땅히 자기가 살던 땅을 적당한 시기에 다음 세대들에게 비워주어야 한다. 억울하게 생각할 일이 아니다. 오늘 내가 사는 땅은 선대의 누군가 기꺼이 나에게 비워준 땅이다. 그러므로 나도 후대의 누군가에게 미련 없이 기껍게 나의 땅을 내주어야 한다. 비 그치고 맑은 날, 문학관의 꽃들, 그들이 살다가 비우고 간 자리를 보면서 하염없이 해보는 생각이다.

## 낮고 부드럽게

해마다 나는 봄만 되면 크게 앓는다. 연례행사처럼 그런다. 감기로 아프고 몸살로 아프고 전신이 그렇게 아플 수가 없이 많이 아프다. 내가 새롭게 봄을 맞이하기 위해서, 새롭게 태어나기 위해서 그런 거라고 스스로 타이르곤 한다. 어쨌든 나에겐 아프지 않은 봄은 없다. 아파야 봄이고 아파서 결국은 봄이다.

사람인 나만 그런 게 아니라 천지 만물이 그렇게 나처럼 몸이 아프면서 봄을 맞이하는 건 아닌지 생각해본다. 그러하다. 산도 아프면서 봄을 맞이하고, 강물이나 들판도 아프면서 봄을 맞이하고, 하늘도 그러하고 심지어 풀 한 포기, 나무 한 그루, 새들이나 벌레들까지도 아프면서 봄을 맞이하는 것은 아닐까.

정말로 그러하다. 해마다 공짜로 오는 봄은 없다. 그러기에 우리들 세상에는 봄마다 굵직한 사건들이 터지고 인간 세상을 아프게 만들어준다. 올봄엔 무슨 일이 터질까. 조마조마한 심정으로 해마다 봄을 맞는다. 어쨌든 올해도 설왕

설래 많은 이야깃거리를 거느리면서 봄이 다가왔다. 그나마 다행스러운 일이다.

작년, 우리 풀꽃문학관 꽃밭에 복수초를 새롭게 심었는데 지난겨울 그렇게도 매서운 추위를 견뎌내고 녀석들은 여러 송이 꽃을 피워주었다. 복수초는 샛노란 꽃. 봄이 오는 것을 제일 먼저 알아차리고 꽃을 마련하는 꽃. 복수초 꽃잎사귀에 봄이 앉아서 춤을 추고 있다. 아니, 꿀벌들이 날아와 벌써 꿀을 따고 있다.

복수초가 고맙다. 아니, 모든 꽃들이며 나무며 풀들이 고맙고 자연 그 자체에 감사한다. 이른 봄에 피는 꽃들은 대개가 노란색. 민들레가 그렇고 개나리, 수선화, 영춘화까지 노랑 빛깔이다. 하나님이 제일 먼저 돌려주시는 색깔이 노란색이 아닐까. 어쨌든 나는 이 노란 색깔에서 사랑의 의미를 찾아내고 인내와 소생의 의지를 읽는다.

아마도 사람들은 그럴 것이다. 날마다 반복되는 자신들의 일상이 지루하고 따분하고 무의미하다고. 그래서 인생 자체가 별로라고. 하지만 그것은 크나큰 오산이고 잘못이다. 이 세상에 똑같은 물건이 하나도 없듯이 똑같은 시간이나 사건도 없는 일이다. 다만 그렇게 똑같다고 비슷하다고 여기는 사람에게만 똑같은 것이고 비슷한 것이 된다.

생명과 자연의 속성은 유일성, 순간성, 일회성, 변화성에 있다. 대오 각성하여 떨쳐 일어나야 하고 잠든 영혼을 깨워

기지개를 켜게 만들어야 한다. 이제 봄이다! 아, 나는 올해
도 이렇게 살아 있다! 소리 지르게 해야 한다. 그러지 않는
다면 당신은 너무나도 찬란하여 아프기까지 한 봄 앞에 죄
를 짓는 사람이 되는 것이다.

이 세상 모든 만남은 그 어떤 만남도 반복되는 만남이
아니라, 유일한 만남이고 또 최초의 만남이고 최후의 만남
이다. 올해 우리가 맞이하는 봄은 그대로 맨 처음의 봄이고
이 세상에서 마지막으로 보내는 봄이다. 그렇다면 어찌할
것인가? 기를 쓰고 잘 살아야 한다. 하루하루, 순간순간을
영원처럼 소중히 여기며 살아야 한다.

첫 번째로는 무슨 일이든지 감동하면서 사는 일이 중요
하다. 감동도 학습이고 하나의 능력이다. 개발을 요구한다.
언제 어디서든 좋은 것을 보거나 들으면 이내 좋구나, 그렇
게 느끼면서 스스로에게 말해주어야 한다. 그것이 자신에
게 주문이 되어야 하고 그 주문이 각성으로 이어져 자신의
잠든 정신과 영혼을 깨우도록 도와야 한다.

그리고 자기 주변의 사물들을 세심히 살피는 노력이 필
요하다. 정말로 자기 주변을 살펴보면 그동안 보지 못했던
것들, 듣지 못했던 것들을 새롭게 발견할 수 있을 것이다.
읽다 만 책, 사다 놓고 한 번도 들어보지 않은 시디, 심지어
는 옷걸이에 걸어놓고 거들떠보지도 않은 여러 가지 옷들
이 보일 것이다. 무엇보다도 가족의 의미를 다시금 자각해

150

보는 일은 중요하다.

좋은 일 노는 일엔 벗이요 이웃이라 하지만 환난 날엔 오직 가족뿐이다. 마지막까지 남아주는 사람이 가족이란 말이다. 하므로 이 봄엔 가족에 대해서도 다시금 살피는 기회가 있었으면 좋겠다. 별로 어려운 일도 아니다. 친절한 말투, 퇴근길에 가족이 좋아하는 먹을 것 한 가지 정도 사 들고 돌아오는 것도 방법이 될 것이다.

무엇보다도 평소 자기가 원했으나 하지 못했던 일, 미루었던 일들이 무엇인지 그 항목을 곰곰이 생각해보기를 권하고 싶다. 버킷리스트란 말이 있다. 하루하루 뜻 없이 살기보다는 자기가 꼭 해보고 싶은 일들의 목록을 적어놓고 그 가운데 한두 가지만이라도 실천해보는 일은 참으로 중요하고 시급한 과업이다.

오늘 일을 내일로 미루어서는 절대로 안 된다. 오늘 할 일은 무슨 일이 있든지 오늘 해야만 한다. 하도록 애써야 한다. 머지않아 꽃들이 필 것이다. 꽃구경 가는 것도 그렇다. 미루어서는 안 된다. 어디까지나 오늘의 꽃은 오늘의 꽃이고 내일의 꽃은 내일의 꽃이다. 미루다 보면 꽃들도 떠나고 말 것이다. 언제든 오늘을 살도록 해야 한다. 어제는 지나간 오늘이고 내일은 다만 오지 않은 오늘일 뿐이다.

자기 집 뜨락에 나가 텃밭을 가꾸든 꽃씨를 심든 그것은 각자의 몫이고 배역이다. 문제는 마음가짐이다. 마음이 먼저 일어나야 행동이 뒤따른다. 새봄. 새봄은 새롭게 마음을 고쳐먹는 계절이다. 그리하여 우리들 한 사람 한 사람이 새봄엔 새사람이 되어야 하고 새로운 세상을 살도록 해야 한다.

벌써 풀꽃문학관 뒤 봉황산 상수리나무 마른 수풀에 휘파람새가 돌아와 휘익 휘익 휘파람을 불며 날아다니고 있다. 그 반가움이라니! 아, 나는 올해도 이렇게 살아 있는 목숨이구나. 날마다 할 일이 많고 많구나. 만날 사람들도 많고 좋은 사람들도 많구나. 이것만으로도 인생은 살 만하고 크나큰 축복이고 가득한 보람이다.

예전엔 나도 빠르게 좀 더 빠르게 서둘며 살아왔다. 아니, 지금까지도 그런지 모른다. 이 봄부터는 좀 더 느리게 살고 싶다. 나의 인생이 좀 더 부드럽게 되기를 소망하고 나의 삶의 빛깔이 좀 더 낮은 색조를 갖기를 소망한다. 알레그로, 알레그레토가 아니라 적어도 모데라토(보통 빠르기)가 되어야 하고, 나아가 안단티노, 안단테가 되어야겠다.

봄은 보다 큰 눈을 뜨고 보아야 하는 계절이고, 보다 큰 귀를 열고 들어야 하는 계절이다. 당신, 보다 큰 눈을 뜨고 보다 큰 귀를 여시라. 보이지 않던 꽃들이 보이고 새싹이 보이고 나뭇가지를 흔들고 가는 바람이 보일 것이다. 당신, 들리지 않던 새소리가 들리고 바람 소리 벌레 우는 소리가 들릴 것이다. 이제 당신은 봄의 중심에 와 있는 것이다. 아니다. 당신 자신이 이제는 봄의 중심이 되어야 한다.

# 시인의 이름

강연장에 나가거나 독자들을 만날 때 매우 민망한 일을 당하는 경우가 있다. 그것은 나의 시가 너무 아름답다고 말할 때이고, 어떻게 하면 그렇게 예쁜 말로 시를 썼느냐는 질문을 받을 때이다. 그런 때는 이런저런 말로 둘러대면서 대답을 한다. 나아가 나의 이름을 가지고 말하는 경우엔 더할 말이 없어 전전긍긍하게 마련이다.

나의 이름은 태주. 한자로 써서 클 태泰 자에 기둥 주柱 자. '주' 자는 항렬이고 '태' 자는 아버지의 소망이 들어 있는 글자이다. 그것이 매양 불편했다. 나더러 집안의 큰 기둥이 되어달라는 아버지의 주문이 들어 있는 것 같아서 이름이 불릴 때마다 짐스러웠던 게 사실이다.

시골의 초등학교에서 선생을 하던 시절이다. 비 오는 날 오후 시간 교무실에서 일을 마치고 늦게 퇴근하던 날이었다. 교문 쪽으로 가는데 어디선가 아이들의 목소리가 들렸다. "나 좀 태워주세요." 이건 무슨 소린가? 아이들이 나를 놀리느라고 나의 이름을 가지고 그렇게 문장으로 만들어

부르는 것이었다.

그렇구나, 내 이름이 나태주니까 '나 좀 태워주세요'로구나. 그래서 나는 강연장에 나가면 그 말을 빼놓지 않고 한다. 나는 차가 없는 사람이다. 그러나 아버지가 지어준 이름이 '나 좀 태워주세요'라서 자동차 없이도 이렇게 잘 살고 있다. 그러면 사람들은 즐겨 웃는다.

선배 시인들의 이름을 두고 생각해본다. 시인의 이름을 부르면 그 시인의 이름에서 그 시인 나름의 향기가 묻어나는 것 같다. 청록파 시인을 예를 들어볼 때, '박두진' 하면 송진 냄새가 나는 것 같고 '박목월' 하면 두릅 냄새가 나는 것 같고 '조지훈' 하면 오래 묵은 한지 냄새가 나는 것 같다.

그렇다면 나의 이름에서는 무슨 냄새가 나는 걸까? 그것이 평생의 나의 과제였고 걱정이었다. 그런데 요즘 독자들은 말한다. 나태주란 이름이 시인의 이름으로서 참 적절하다고. 이건 도대체 어디서 나온 마술이란 말인가. 왜 그러냐고 물으면 이름 자에 받침이 하나도 없어서 그렇다고 말하는 사람도 있다. 신기한 일이고 고마운 일이고 심히 두려운 일이다.

# 늙은 아이

사람은 시간이 지나면 늙는다. 늙은 사람이 된다. 시인도 늙는다. 늙어서 늙은 시인이 된다. 비록 몸은 늙지만 늙지 않는 것이 있다. 늙어서는 안 되는 것이 있다. 마음이다. 몸은 늙어도 마음만은 늙지 말아야 한다. 그래서 시인인 것이다.

늙은 몸에 늙지 않은 마음. 늙은 하드웨어에 어린 소프트웨어다. 모든 시인, 모든 예술가 가운데 진정으로 좋은 시인, 좋은 예술가들은 일찍부터 그러했다. 아니, 오늘에도 그렇고 내일에도 그럴 것이다. 그래야 마땅하고 그래야 좋은 것이다.

몸은 늙어 노인이 되었지만 그 마음은 어린아이여야 하고 그 마음이 하는 말은 어린아이의 말이어야 한다. 아니, 어린아이 투의 말이어야 한다. 세 살이나 네 살, 이제 막, 말을 배우기 시작하는 아이가 하는 말투, 혀짜래기 말이 바로 시인의 말이다.

나도 이제 늙었다. 시를 쓰면서 늙은 사람이 되었으니 늙은 시인이다. 하지만 여전히 시를 쓰고 싶다. 그것도 어린아이 투의 말로 시를 쓰고 싶다. 언젠가 티브이 방송에서 도올 김용옥 교수가 이런 말을 하는 걸 들었다. '인생이란 어린아이로 태어나 한동안 어른으로 살다가 다시 어린아이로 돌아가는 전 과정이다.'

이것은 모든 사람이 그렇게 살아야 한다는 당위이고 또 그렇게 살라는 당부이다. 나는 이 말을 시인의 일생을 대변하는 말로 바꾸어 들었다. 시인 가운데 가장 좋은 시인은 '늙은 아이 시인'이다.

나는 결코 시를 잘 쓰는 사람이 아니다. 끝없이 잘 쓰고 싶은 사람이다. 그보다 앞서 시 쓰기를 좋아하는 사람이다. 아이같이 좋아하고 마냥 철없이 좋아할 뿐이다.

만약 내가 시를 잘 쓰는 사람이었다면 일찍이 시 쓰기를 그만두었을 것이다. 이렇게 오랫동안 시를 쓰며 사는 사람으로 남지는 않았을 것이다. 못 쓰는 사람이었고 다만 좋아하는 사람이었기에 평생을 두고 시 쓰기를 멈추지 않았을 것이다.

이것이 성공의 새로운 해법이고 재능에 대한 새로운 접근이다. 진정한 의미에서의 재능은 잘하는 능력만이 아니다. 거기에 좋아하는 마음을 보태야만 된다. 그런 점에서 팔방미인으로 무엇이든 잘하는 사람은 어떤 것에서도 성공하기 어렵다.

모름지기 자기에게 타고난 재능이 없음을 탓하지 말고 열정이 없음을 탓할 일이다. 열정이야말로 성공의 열쇠를 쥐고 있는 비밀의 병기이며 그 어떤 재능보다 귀한 자산이다.

무엇인가 좋아한다. 그것을 이 세상 끝날까지 계속해보자. 그 길의 과정이 행복이고 즐거움이고 기쁨이며 그 끝은 성공이 될 것이다.

# 어린아이

그가 사는 집은 공주 금학동, 지은 지 30년 가까운 낡은 아파트. 그러나 그는 새로 지은 아파트에 대해서 관심이 없는 사람이다. 그러므로 그는 오직 그 집이, 죽을 때까지 살다 갈 최상의 주거공간이라고 생각한다.

그날도 그는 집에서 나와 자전거를 타고 제민천을 따라서 시내 쪽으로 가고 있었다. 제민천은 공주 시내를 가로질러 흐르는 개울. 대개 우리나라의 개울이나 강은 동에서 서쪽으로 흐르거나 남쪽으로 흐른다. 지형이 그렇게 되어 있다.

그러나 제민천은 남쪽에서 북쪽으로 흐른다. 특별한 경우다. 그렇게 흘러 금강에 발을 잠근다. 그의 집이 제민천 상류 쪽이므로 자전거를 타고 시내 쪽으로 가는 길은 내리막길이다. 일단 자전거에 올라 페달을 밟으면 가볍게 자전거가 굴러가도록 되어 있다.

여간 호숫고 기분이 좋은 것이 아니다. 더구나 개울을 따라서 가는 길이다. 문득 휘파람이라도 불고 싶은 마음이 생길 것이다. 없던 마음이 일어나고 없던 느낌이며 생각이 생겨난다. 그렇게 그는 그 길에서 새롭고도 좋은 생각을 많이 했다.

글이란 것이, 더구나 시라는 것이 방 안에 앉아서 머리를 쥐어짜고 궁리한다고 해서 잘 써지는 것이 아니다. 사람들과 즐겁게 대화를 하면서도 좋은 시가 떠오를 수 있고, 자연 속에서 자연과 더불어 소통을 하면서도 좋은 시를 얻어낼 수 있다.

처음 시를 쓰기 시작하여 초심자일 때는 시를 찾아가는 경우가 많다. 그러나 나중에는 시가 찾아오도록 되어 있다. 오히려 찾아오는 시가 더욱 싱싱하고 찰랑찰랑 푸른 숨결일 때가 있다. 그렇게 그는 그 길에서 여러 편의 시들을 만났다. 시의 방문을 받았다.

그날이 더운 여름 날씨라 그랬던가. 그는 분명 삼베옷을 입고 머리에 챙이 넓은 여름 모자를 썼을 것이다. 무슨 생각에선지 자전거에서 내려 길을 걷고 있었다. 시내 쪽 볼일이 별로 급한 일이 아니었기에 그랬던 것일까. 야튼 자전거에서 내려 걷고 있었다.

공주교육대학교 건너편 길이다. 그 길옆으로는 주택들이 줄지어 세워져 있고 주택들 사이로는 골목도 나 있다. 자전거를 끌고 무심히 천천히 걸어가는데 골목길에서 한 여자아이가 나왔다. 초등학교 2학년이나 3학년 아이였을까. 그는 초등학교 선생을 오래 해서 대번에 애들을 보면 몇 학년 아이일까, 그런 생각을 하곤 한다.

여자아이가 복스럽고 예뻤다. 예쁜 것을 보면 그것이 자연이든 사물이든 그냥은 지나치지 못하는 그다. 더구나 예쁜 여자아이가 앞에 있음에랴! 눈여겨보았으리라. 에쁘구나, 그런 눈빛으로 보았으리라. 그렇게 잠시 바라보기만 했는데도 아이가 빙긋 웃는 게 아닌가!

참으로 아이들은 영력이 있다. 어른들에 비하여 훨씬 맑고 예쁜 마음을 지니고 있다. 소리 없는 말을 알아들을 줄 알고 또 소리 없는 말을 할 줄 안다. 그가 말도 하지 않고 눈빛만을 보냈는데 그것을 알아차린 것이다. 아이 편에서는 그가 처음 보는 낯선 사람이다. 그런데도 그의 마음의 속내를 읽어낸 것이다.

놀라운 마음이 가슴에 조그만 파문을 만든다. 기쁘고도 사랑스러운 파문이다. 그 파문이 곧바로 다음의 말을 불러온다. "귀엽구나." 그런데 또 아이는 대번에 그 말을 듣고 행동으로 옮기는 것이 아닌가! 두 손을 모아 꾸벅 인사를 하는 것이었다. 그는 아이를 통해 지상에서의 천국을 보았다.

이런 정황을 그대로 자연스럽게 옮겨서 적은 글이 아래의 시이다. 이 작품은 다음 해인 2017년도 백담사에서 주는 유심작품상을 받기도 했다. 공주 제민천 가 한 골목길에서 만난 여자아이가 준 상이라고 해도 과언이 아닌 일이다. 그럴 줄 알았더라면 아이 이름이라도 알아둘걸, 만시지탄이 있기도 하다.

　　예쁘구나
　　쳐다봤더니
　　빙긋 웃는다

　　귀엽구나
　　생각했더니
　　꾸벅 인사한다

　　하나님 보여주시는
　　그 나라가
　　따로 없다.

—「어린아이」 전문

　　시상식장에서 심사위원장으로서 이근배 시인은 심사평에서 이 시를 일러 시조 시라고 말해 다시 한번 그를 놀라게 했다. 그렇게 듣고 다시 시를 들여다보았더니 한 편의 평시조로 그런대로 형식이 맞아떨어지는 바가 없지도 않았다.
　　이것 또한 그가 그동안 시조 시를 줄기차게 읽어옴으로해서 자연스럽게 그런 형식이 그의 시, 자유시에 녹아 들어

간 결과라 할 것이다. 세상의 모든 일에는 그저 저대로 아무렇게나 되는 일이 없고 그 연원이 있고 나중의 까닭까지가 있게 마련이다.

# 중학생이 시를 읽어야
# 하는 이유

가끔 중등학교로 문학강연을 나가 학생들과 이야기해본다. 시의 특징으로는 무엇이 있을까? 의외로 학생들은 서슴없이 합의해준다. 짧아야 한다. 단순해야 한다. 표현이 쉬워야 한다. 그리고 임팩트가 있어야 한다. 그런 점에서 오늘날 학생들은 참 영리하고도 똑똑하다.

중등학교 학생들을 만나면 내가 먼저 기분이 좋아진다. 왜냐면 그 어린 사람들이 나의 시를 알고 나의 말을 듣고 싶어 하기 때문이다. 그것은 보통의 일이 아니다. 아주 중요한 일이다. 시인으로서 영광이요 기쁨이요 보람이다.

청소년들은 나이 든 어른들보다 더 오랫동안 세상을 살 사람들이다. 그런 청소년들이 나의 시를 읽고 나를 기억하는 일은 매우 고무적이고 감동적인 일이다. 나의 시가 청소년들의 마음에 들어가 그들의 마음을 변화시킬뿐더러 그들과 함께 오랜 세월 기억될 수 있기 때문이다.

특히 중학생들이 시를 읽는 일은 중요하다. 흔히들 중학

163

생 시기를 문제가 많은 시기라고 한다. 정서적으로 안정이 안 되어 있어 많이 흔들리는 시기, 혼돈의 시기라고 한다. 맞는 말이다. 중학생 시기가 바로 사춘기이다. 사춘기는 몸은 어른이 되어가는데 마음은 어린 상태로 남아 있는 것을 말하기도 한다.

일종의 언밸런스다. 부조화. 비대칭. 특히 감정의 불안정. 그러기에 중학생들에게 시를 많이 읽혀야 한다. 아니, 시가 필요하다. 만약에 중학생들이 시를 많이 읽으면 어떻게 될까? 대번에 정서적으로 안정이 올 것이다. 정서적으로 성숙해질 것이다.

이것은 결코 허언이 아니다. 나는 여러 학교에서 그런 실례를 보고 확인했다. 유난히 강연을 듣는 태도가 좋은 아이들을 보면 어김없이 선생님의 안내에 따라 시를 읽은 학생들이다. 무엇보다도 그들의 눈빛이 온유하고 깊고 사색적이다. 그것이 바로 시 읽기가 가져오는 가장 큰 변화이며 소득이다.

다시 한번 말한다. 정말로 시 읽기가 필요하고 시급한 사람들은 중학생이라고 생각한다. 제발 학교 선생님들이나 중학생 아이를 둔 학부모들이 이 점을 알아주었으면 좋겠다. 사람의 일생을 두고서도 중학생 시절에 좋은 시를 읽으면서 어른으로 자란 사람은 정서적으로 안정되어 있을 뿐만 아니라 정신의 집중력도 높은 사람이 될 것이다.

그것은 또 시의 속성을 알게 되면 대번에 수긍이 가는 문제이다. 시는 그 소재가 감정이고 표현 수단이 아름다운 언어이다. 그것을 나는 '울컥'과 '쓱'이라고 표현하기도 한다. '울컥' 솟구치는 감정을 '쓱' 하고 가볍게 쓴다는 말이다. 여기에 답이 들어 있다.

인간은 의외로 감정적인 존재이다. 감정 때문에 잘못되기도 하고 행복감을 느끼기도 하고 불행감을 느끼기도 한다. 의외로 인간의 문제 가운데 많은 부분을 감정이 좌우하고 있다. 이러한 감정을 조절하는 가장 좋은 방법이 시를 읽고 시를 생각하고 가슴에 간직하는 일이다.

그래서 내가 중학생들에게 시를 읽히는 일이 중요하고 시급하다고 말하는 것이다. 우리의 중학생들이 시를 즐겨 읽을 때 우리나라는 보다 좋은 나라가 되고 평화로운 나라, 안정된 나라, 아름다운 나라가 될 것이다.

# 시를 읽지 않는 시대

　문학 애호가나 문화계 주변 인사들 입에서 자주 나오는 말이 있다. 요즘은 시를 읽지 않는 시대라고. 하지만 나는 그렇게 생각하지 않는다. 그렇다면 소설이나 수필은 읽는가? 아니다. 요즘은 오히려 소설이나 수필 같은 산문을 더욱 읽지 않는다. 오히려 문학 작품을 읽지 않는 시대라고 바꾸어 말하는 편이 나을 듯하다.

　문학 작품을 읽지 않는 시대. 왜 그럴까? 나는 사회학자가 아니므로 상세한 내용이나 정보를 갖고 있지 못하다. 다만 짐작으로 상식적으로 말해보면 몇 가지 집히는 것이 있다. 요즘 사람들의 삶이 너무 바쁘고 힘들어서 그렇다. 또 문학 작품이 별로 재미없어서 그렇다. 그래서 읽을 필요성을 느끼지 않는 것이다.

　필요성. 이것은 어디서나 언제나 또 무엇에 있어서나 중요한 문제다. 필요한 것이 되면 사람들이 찾을 것이다. 가까이 할 것이다. 그것이 시든지, 범위를 넓혀 문학 작품이든지 삶에서 필요하고 마음에서 끌림이 있으면 찾을 것이

166

고 그렇게 되면 읽을 것이고 또 책이 팔릴 것이다.

이 정도 이야기가 진전되면 몇 가지 방책이 나온다. 어떻게든 독자의 요구에 맞는 작품을 써야 한다. 그러기 위해서는 독자의 형편과 사정을 알아야 하고 독자와 눈높이를 같이해야 한다. 오늘의 독자들은 단순하고 짧고 쉬운 시를 원한다. 거기에 더하여 자기네들과 통하는 내용을 원한다.

현학적인 표현을 삼가야 한다. 훈계조거나 교조적인 어투는 금물이다. 요설도 사절이다. 시가 본래 가지고 있는 특성 그대로 가야 한다. 시를 두고 할 수 있는 말 가운데 가장 좋은 비유는 촌철살인寸鐵殺人이란 말이고, 한의사들이 말하는 일침一針 이구二灸 삼약三藥에서의 일침이 바로 시라는 것이다.

시 문장의 본령은 단방에 머뭇거림 없이 급소를 치는 데 있다. 급하게 체한 사람이 있다. 약이나 뜸으로 다스리거나 고칠 여유가 없다. 많이 고통스러워한다. 그때 유능한 한의사라면 침통에서 가늘고도 날카로운 침을 꺼내어 경혈의 급소에 침을 꽂을 것이다. 이것이 바로 시이다.

오늘날 독자들은 무언가에 지쳐 있고 많이 힘들어하고 있다. 쉬고 싶어 하고 위로를 받고 싶어 하고 누군가로부터 도움을 받고 싶어 한다. 그것은 물질적인 것보다는 정신적, 정서적인 면이 강하다. 바로 또 이것이다. 이것을 오늘날 시인들은 간과해서는 안 된다. 우선 시인들이 높은 산에서 내려와야 한다.

과감한 하산이 필요하다. 나는 당신과 하나도 다르지 않다는 솔직담백한 고백이 있어야 한다. 납작 바닥에 엎드려야 한다. 그러할 때 독자가 보이고 독자와 통하는 시가 보일 것이다. 이러한 시라 해도 독자들이 읽지 않을까? 그렇다면 그것은 시인의 몫이 아니고 독자의 몫이다. 독자한테 책임이 있다는 말이다.

시의 시대가 끝났다고 한탄하는 말은 내가 시 공부를 처음 시작했을 때도 있었다. 1960년대 초반이다. 신문이나 잡지에서는 그 문제를 가지고 대서특필해서 다루기도 했다. 마치 그렇게 하면 다시 시의 시대가 올 것처럼 호들갑을 떨었다. 그것은 그 이후에도 여전했다. 그것은 간헐적으로 일어나는 어떤 경련 같은 것이다.

어쩌면 시가 안 읽히고 시의 시대가 끝났다고 한탄하는 발언은 그 이전에도 또 이전에도 있었을 것이고, 다시금 이 이후에도 또 이후에도 여전히 있을 것이다. 그렇지만 생각해보라. 시의 시대가 과연 끝났는가? 끝나지 않았다. 다만 독자들이 찾을 만한 시집이 별로 없는 것이고 팔리는 시집이 그다지 많지 않을 뿐이다.

시의 시대는 절대로 끝나지 않았다. 시란 문학 형식은 본래 독자가 많지 않은 것이다. 그것이 본령이다. 호들갑을 떨지 말자. 시가 본래 그런 것이다. 백석의 시집 『사슴』이나 서정주의 『화사집』, 이형기의 『적막강산』 같은 시집은 1백부 한정판이었고 윤동주는 그의 첫 시집 『하늘과 바람과 별과 시』를 77부 한정판으로 내려고 소원하다가 그 소원마저 이루지 못하고 돌아갔다.

오늘날 서점에 가서 보라. 아직도 가장 많이 팔리는 시집은 윤동주와 김소월의 시집이다. 왜 그럴까? 이유는 단순하다. 독자들 마음에 맞고 독자들의 요구에 합당해서 그런 것이다. 필요해서 그런 것이다. 그런데도 그들의 시를 대중시라고 폄하할 것인가!

# 꿀벌의 언어

세상의 모든 음식물 가운데 가장 정결하고 아름다운 음
식물은 젖과 꿀이다. 그러기에 성경에서도 가나안 땅을 '젖
과 꿀이 흐르는 땅'이라고 표현했을 것이다. 젖은 동물에
서 나오는 음식이지만 그 동물을 해치지 않고 얻을 수 있는
음식이다. 또 그 음식은 어린 것들을 기르고 가꾸는 거룩한
먹이가 된다. 꿀은 식물에게서 얻는 음식인데 역시 가장 고
급하고 영양가가 높은 음식이다.

나는 여기서 꿀과 연결하여 시를 이야기해보고 싶다. 또
시인에 대해서도 이야기해 보고 싶다. 꿀은 본래 꿀벌의 것
이 아니었다. 우리가 알다시피 꿀은 꽃에 있었던 것이었다.
꽃들이 생존수단으로 꽃가루받이를 하기 위해 스스로 마련
한 미끼가 꿀이다. 이렇게 꽃들이 준비한 꿀을 꿀벌이 찾아
가 모은 것이 꿀이다. 그러기에 우리는 '꽃꿀'이라고 하지
않고 '벌꿀'이라고 하는 것이다.

이것은 시를 두고서도 같은 맥락으로 설명될 수 있다.
본래 꿀이 모든 꽃에게 있었던 것처럼 시는 세상 만물, 세

상 모든 사람의 생각과 느낌, 그 삶 속에 이미 내재한 그 무엇이다. 그것을 시인들이 가져다가 자기의 시로 만드는 것이다. 그렇지만 아무도 그러한 시를 세상 모든 사람의 시라고 말하지 않고, 시인의 것이라고 말한다. 꿀의 경우에서 꽃의 꿀(꽃꿀)이 아니라, 벌의 꿀(벌꿀)이라고 말하는 것과 같다.

시인 또한 한 마리 꿀벌처럼 부지런하고 선량한 일꾼이어야 한다.


그냥 줍는 것이다


길거리나 사람들 사이에
버려진 채 빛나는
마음의 보석들.

—「시」 전문


이것은 내가 쓴 시로서 시의 속성에 대한 글이다. 애당초 꿀이 모든 꽃들에게 산재해 있는 것처럼 시 또한 모든 사람들, 모든 사물, 모든 삶과 사건들 속에 숨겨져 있던 것들이다. 얼핏 보기엔 버려진 물건, 쓰레기처럼 보인다. 그렇지만 그것을 제대로 알아보는 사람에게는 그것이 단연 보

석이다. 그러한 보석을 시인들이 언어로 표현하는 것이 바
로 시다. 그러할 때 시인과 시는 다시 한번 편안하고도 넓
은 지평을 얻게 될 것이다.

가끔 나는 좋은 말을 하는 사람들에게 이렇게 말하곤 한
다. '말씀을 그렇게 함부로 막 하지 마십시오. 제 곁에서 그
렇게 좋은 말을 하면 제가 그 말을 훔쳐다 시로 쓸 것입니
다.' 처음에 사람들은 자기가 잘못했다는 얘긴 줄 알았다가
듣고 보니 자기가 한 말이 좋다는 얘기고 아름다운 말이라
는 얘기임을 알아채고서 오히려 즐겁게 웃는 경우가 있다.
이처럼 시는 너의 것이 나의 것이고 또 나의 것이 너의 것이
고, 그래서 서로가 상통하면서 유쾌하게 주고받는 그 무엇의
세상인 것이다.

# 김영랑이 없는 학교

학교 현장을 떠나온 지 오래되었다. 2007년 8월 정년퇴임을 했으니까 햇수로는 12년째가 되어간다. 교직을 물러나오면서 몇 가지 나름대로 결심한 바 있다. 이렇게 이렇게는 하지 않겠다는 금기사항 같은 지침들이다.

노인정에 안 간다, 동창회에 안 간다, 삼락회에 안 간다, 그냥 나대로 내 방식대로 혼자서 놀면서 살겠다, 그것이었다. 하나 더 없는다면 학교에는 이제 드나들지 않겠다. 그런데 정년퇴임 이후 더 많은 학교를 드나들고 있다.

예전에는 내 학교만 갔었는데 이제는 남의 학교만 간다. 문학강연을 하러 가기 때문이다. 초등학교, 중등학교, 대학교까지 두루 다니는 한편 더러는 노인대학이나 교회에도 불려 다닌다. 사람이 제 생각대로 뜻대로만 살 수는 없는 일인가 보다.

어쨌든 좋다. 학교 현장을 다니면서 선생님들과 많은 이야기를 주고받는다. 또 예전에 함께 근무했던 교사들과 더러는 만나 이야기를 주고받는다. 교장선생님은 참 좋은 시절에 선생님을 하다가 물러나셨어요. 왜 그런데요? 요즘은 선생님 하기가 너무나 힘들어요. 학교 사회가 너무 빡빡해졌어요. 인간미가 없어요.

아, 이거 큰일 아닌가. 학교야말로 인간이 모여서 인간을 가르치고 인간을 배우는 사회인데 그 사회에 인간미가 없어지다니! 이래서는 안 되는 일이 아닌가. 글쎄 말이에요. 요즘엔 스트레스를 받아 병원에 다니는 선생님들도 있고 아예 휴직을 택하는 선생님들도 있다니까요.

더 심각한 소리를 듣기도 한다. 요즘 아이들은 도대체가 통제가 안 돼요. 제멋대로를 넘어서 아예 특수학교 수준인 아이들도 있어요. 무엇보다도 감정조절이 안 되는 아이들이 걱정이에요. 물건을 집어 던지고 옷을 벗고 때리고 도무지 화가 가라앉지 않는 아이들도 있다니까요.

정말로 이래서는 큰일이 아닌가. 그래서 어떤 선생님은 이런 말을 하기도 했다. 요즘 초등학교 선생님들은 모두 특수학교 교사 자격증을 가진 선생님들로 대체해야 한다고. 이런 얘기는 좀 심한 경우지만 어쨌든 아이들이 걱정거리인 것은 사실인 듯싶다.

더러는 이런 이야기를 듣기도 한다. 도무지 요즘 아이들은 호기심이 없어서 걱정이에요. 무엇이든지 매체가 대행해주고 어른들이 다 해주니 아이들이 스스로 해볼 일이 별로 없는 것이고 그에 따라 호기심조차 사라져버렸다는 것이다.

그뿐이랴. 요즘 부모들은 아이들을 지나치게 노심초사, 애지중지로 키우다 보니 하드트레이닝을 피하는 경향이 강하다. 아이들이 영양 상태는 좋은데 몸을 움직이지 않고 편하게만 지내다 보니까 지나치게 비만해질 수밖에 없다. 어쩌면 이게 모두 과다 현상에서 오는 부작용들이다.

그렇다. 오늘날 우리는 무엇이든지 과다함이 문제다. 교육도 과다하고, 영양도 과다하고, 정보도 과다하고, 매체도 과다하고, 감정도 과다하다. 조금은 줄여야 하고, 조금은 바람을 빼야 하고, 조금은 눈높이를 낮춰야 한다. 무엇보다 급선무는 속도를 줄이는 일이다.

우리는 지금 너무 빠르다. 너무 빠르게 소망하고, 너무 빠르게 실행하고, 너무 빠르게 실망하고, 또 포기한다. 어른이고 아이고 할 것 없이 참을성이 그냥 부족하다. 기다리는 마음이 부족하다. 그러니 과속이 나오고 부글부글 끓는 불만과 불안과 분노가 나오는 것이다.

우리의 기대 수준을 좀 낮추자. 속도를 줄이자. 호흡을 한 템포만 느리게 하자. 그리고 부드럽게 하자. 너나없이 너무나 빡빡하고 급하고 힘들어서 이대로는 살 수가 없는 노릇이 아닌가. 그것이 다시금 우리의 불만이고 그것이 우리의 소망이다.

오늘날 우리는 방향도 모르고 자신들이 왜 뛰어야 하는

지도 모르고 뛰는 동물나라의 어리석은 동물들 같다. 남들이 뛰니까 자기도 뛰는 것이다. 이것은 오로지 자기의 인생이 아니라 타인의 인생을 사는 일이다. 눈치 보기의 인생이다. 빈 껍질의 인생이다.

가장 좋은 방법은 자기 인생을 향하여 단호하게 제동을 걸고 주변을 살핀 뒤, 다시 시작하는 마음으로 살아야 한다. 터닝포인트를 가져야 하고 회심回心의 기회를 가져야 한다. 그러할 때 오늘날 아이들의 모습도 다시금 보이고 교육의 활로도 열릴 것이다.

무엇보다도 중요한 것은 나의 인생이 누구를 위한 인생인가를 생각해보는 일이다. 정말로 누구나 그렇게 의연하고 느긋하게 자기의 인생을 관찰하고 관리할 수는 없는 일이겠지만 어디까지나 나의 인생은 나의 인생이란 대오 각성이 있어야 한다.

남하고 사사건건 비교할 일이 아니다. 이 타인과의 비교가 우리들의 불행의 원천이며 고달픔의 시작이다. 여기서 우울이 나오고 불만이 나오고 열등감이 나온다. 나는 나다, 당당한 자기 인식과 자존감 회복이 시급하다.

강연 시간에 가끔 중학생 아이들에게 「모란이 피기까지는」이란 시를 아느냐고 물어본다. 그러면 아이들은 알지 못한다고 대답한다. 그러면 김영랑은 아느냐고 물어본다. 그러면 안다고 대답한다. 어떻게 아느냐고 다시 물으면 '김영

176

란법'을 안다고 대답한다.

아!「모란이 피기까지는」은 없고 '김영란법'만 있구나! 이것이 내가 본 오늘의 학교 현실이다. 김영란법, 좋다. 학부모나 학생들을 당당하게 하고 교사들을 보호하는 좋은 방책일 수도 있다. 그러나 너무나 인정이 없고 인간미가 사라졌다는 데에 통탄이 있는 것이다.

피차가 이러면 안 되는 일이다. 지금 우리가 여러 가지로 지나치게 넘치고 있다. 일찍이 공자님 말씀도 있다. 과유불급過猶不及이라. 지나침은 모자람만 못하다. 우리가 그 모자람만 못한 처지에 이르러 있는 것이다.

그러나 여기서 나 같은 사람까지 나서서 설레발 치고 걱정할 일은 아니다. 사필귀정事必歸正이란 말도 있고 자정自淨이란 말도 있다. 그런 말들을 믿으며 다시금 기다림의 시간을 가져야 한다. 그것이 마땅한 우리의 태도이고 도리이고 활로이다.

올해도 스승의 날이 찾아왔다. 누가 뭐래도 나는 몇 분 안 남은 나의 인생 선배, 스승님을 기억해내고 그분들에게 마음의 선물을 보낼 것이다. 더러는 과일을 보내고 꽃을 보내기도 할 것이다. 현직교사도 아니고 학생도 아니기 때문에 나에게는 김영란법이 적용되지 않는다. 다행스러운 일이다.

길을 따라

또
한
걸
음

낯선 길은 어린아이를 반겨주어
아이가 가고자 하는 곳으로
잘 안내해주었다.
조그만 언덕을 넘어 개울을 바라보며 섰을 때
아이는 깜짝 놀라고 말았다.
개울 가득 떼를 지어 핀 꽃들.
아이의 입에서는 탄성이 나왔다.

# 북해정은 없었다

끝내 가고 싶었다. 꼭 한번은 가보고 싶었다. 북해도. 홋카이도도. 나에겐 눈축제가 열리는 고장이고, 아주 오래전 미국인 클라크 박사가 홋카이도대학에서 일본인 학생들을 가르치다가 귀국하면서 남겼다는 말 '보이즈, 비 앰비셔스 인 크라이스트(소년이여, 예수 안에서 대망을 가져라)'의 고장이다.

나는 글을 쓰는 사람이므로 초등학교 다니던 딸아이와 눈물 글썽이며 읽었던 동화『우동 한 그릇』과 미우라 아야코의 출세작『빙점』으로 기억되는 곳이기도 하다. 그보다도 청소년기부터 좋아했던 이시카와 다쿠보쿠의 흔적이 많다 해서 그것을 살피고 싶었던 곳이다.

우리나라에 김소월이 있다면 일본에는 이시카와 다쿠보쿠가 있다고 사람들은 말한다. 김소월 시인이 그러했던 것처럼 천재 시인이었고 불우한 생애를 살다 간 요절 시인이었다. 비록 친일파 시인의 번역이지만 1960년대 초반에 출판된『혼자 가리라』란 번역시집은 나의 시 공부에 많은 도움을 주었던 것이 사실이다. 이번 여행의 정말 중요한 목적은 그 다쿠보쿠의 발자취를 살펴보는 것이었다.

지난해 규슈 여행길에 야나가와의 기타하라 하쿠슈를 자세히 보았으므로 이번에는 이시카와 다쿠보쿠를 들여다보고 싶었다. 일행은 열아홉 명. 내가 좋아하는 공주 지역의 문학인들이었다. 북해도는 눈 오는 계절도 좋지만 5월 중순이 좋다고 해서 일찍부터 5월의 중순을 비워두고 일정을 짜고 사람들을 모아 떠난 여행이었다.

실은 이것도 나에게는 일종의 버킷리스트 가운데 하나. 죽기 전에 해보고 싶은 일을 기어코 해보고 죽어야지. 그러지 않으면 다시금 세상에 인간으로 올 것 같아서 또 인간으로 오지 않기 위해 저지른 일이다. 과연 북해도는 좋았다. 일본에 갈 때마다 느끼는 바지만 의외로 북해도는 땅덩어리가 넓고 시원했다(남한 면적의 85퍼센트라 한다).

그런데 북해도는 일본이면서도 일본 냄새가 별로 나지 않고 미국 냄새가 나는 그런 곳이었다. 마치 잘 다듬어진 한국을 보는 듯한 느낌. 길이나 농토도 반듯반듯하고 집들도 성냥갑처럼 직선으로 늘어서 있었다. 노선 때문에 그리 보였던가. 머무는 동안 온천욕도 하루밖에 허락되지 않았다.

다만 신록이 좋았다. 한국은 이미 녹음이 어우러지기 시작했는데 그곳은 이제 새잎이 야들야들 나오는 게 참 신기하고도 예쁘고 좋았다. 1년에 두 번의 봄을 보는 느낌. 그것만으로도 행운이었다. 버려진 듯 허술한 공터 여기저기에

튤립이며 수선화가 피어나고 있었는데 우리 것만큼 색깔이 진하지 않았고 예쁘지 않았다.

하지만 겹벚꽃과 진달래가 참 색다르고 예뻤다. 듣기로는 일본 것이지만 북해도 종이 따로 있다고 한다. 뭐니 뭐니 해도 이번 여행에서 눈이 시리도록 보고 좋았던 것은 자작나무다. 한자로 쓰면 백화白樺. 자작나무의 '자작'이란 말도 예쁘지만 '백화'란 이름도 사랑스럽다. 아예 백화의 '화'자는 글자의 뜻이 '자작나무 화'이다.

일찍이 중국으로 갔던 백두산 길에서 감동적으로 만나고 아, 러시아 모스크바 가는 기차 차창으로도 오래 눈여겨보았지. 몸통이 새하얗고 헌칠한 게 잘생긴 처녀의 다리통이나 몸통 같다. 바라보고 있기만 해도 가슴에 맑은 물이 철렁 차오르고, 마음이 깨끗해지는 듯하고, 지금은 분명 옆에 없는 한 사람을 저린 가슴으로 그리워하게 하는 나무다.

그렇다. 내 이번 여행의 주된 목적은 이시카와 다쿠보쿠의 족적을 살피는 것이었는데 노선을 잘못 잡아 많은 것들을 놓치고 말았다. 애당초 하코다테 쪽으로 갔어야 온천도 좋고 다쿠보쿠의 여러 가지 자취를 살필 수 있었을 텐데 고작 뒷소문만 듣고 온 길이었다. 그래도 그의 가비歌碑를 두 군데서 만나고 동상을 본 것은 큰 수확이요 기쁨이었다.

184

횅하니 넓은 거리
계절도 기울어 이제는 이슥한 가을밤
어디선가 옥수수 굽는 냄새.


삿포로 오도리공원, 시인의 동상 옆에 새겨진 시. 처음 대하는 낯선 시인데 북해도의 분위기를 물씬 안고 있는 작품이었다. 그다음은 오타루 옆 허름한 길목에 뻘쭘하게 서 있던 가비 하나. 역시 애잔한 느낌이 그답다.


애기를 업고
눈 내리는 정거장까지 배웅 나온
아내의 눈썹이여.


아무래도 이시카와 다쿠보쿠를 더 만나려면 한 번 더 북해도 여행을 결행해야 할까 보다. 그나저나 동화에 나오는 북해정. 섣달 그믐밤 자정 이쪽저쪽에 북해도 사람들 모여서 우동 한 그릇씩 나누어 먹으며 송년을 하고 새해맞이를 한다는 북해정. 북해도 어딘가에 있을 법한데 북해정이란 우동집은 어디에도 없었다. 다만 동화책 속에만 있는 북해정. 우동도 우리나라에 번역된 동화에서는 우동이지만 실지로는 메밀국수(일본 말로는 소바)라고 한다.

# 언 제 입 니 까

문학강연에 대한 이야기다. 실은 나는 '묻지 마 문학강연'을 한다고 스스로 말하면서 문학강연을 하는 사람이다. 주제를 묻지 않고, 거리를 묻지 않고, 대상을 묻지 않고, 강연료 또한 묻지 않기 때문이다. 그렇게 1년에 2백 회 가깝게 현장을 찾는다.

정말로 그렇다. 나 같은 사람을 사람들이 보자고 그런다. 그것도 어린 학생들이 보자고 그런다. 어떻게 안 갈 수 있겠는가. 가서 무슨 이야기든 해줄 일이다. 정말로 그러고 싶다. 나는 다만 시골 사람이고, 나이 든 사람이고, 작은 자이고, 시 쓰는 사람이고, 보잘것없는 사람이다. 그런 사람을 찾는다 하지 않는가!

왜 사람들이 나더러 오라 하는 걸까? 무언가 필요해서 오라고 그러지 싶다. 무언가 듣고 싶은 이야기가 있어서 그러지 싶다. 다만 시에 대한 이야기다. 삶에 대한 자질구레한 소감이다. 그런데 그걸 듣겠다 그런다. 그러하다. 요즘 사람들은 어린 사람이든 나이 든 사람이든 마음이 고달프

186

고 답답하고 지쳐 있다고 한다. 그걸 풀고 싶고 그런 마음에 위로를 받고 싶은 것이다.

위로. 힘든 형편에 있는 사람을 좀 더 나은 형편인 사람이 도와주고 이야기 나누어주고 응원해주는 것이 위로다. 어떤 연속극에서 나온 대사처럼 '많이 아프냐, 나도 마음이 아프다', 그렇게 말하면서 감정을 공유하고 이해하고 마음으로 울력해주는 것이 위로다. 그런 점에서 나는 시인은 예술가이지만 때로 사람들을 위한 서비스맨이 되어야 하는 게 아닌가 생각하기도 한다. 감정의 서비스맨 말이다.

그런데 여기서 딱 한 가지 확인하지 않을 수 없는 조건이 있다. 그것은 강연 날짜와 시간이다. 아무리 이쪽에서 가고 싶어 하고 저쪽에서 오라고 그래도 날짜와 시간이 맞지 않으면 도리가 없는 일이다. 저 경상북도 영양 땅의 주실마을, 조지훈 선생의 생가가 있는 마을 한양 조씨 호은 종택 집안에 대대로 내려오는 가훈이 있다. 그것은 삼불차. 세 가지를 빌리지 말라는 가르침이고 또 세 가지를 빌리지 않았다는 한 업적이기도 하다.

첫째가 금불차金不借. 돈을 빌리지 않는다는 것. 둘째는 인불차人不借. 사람을 빌리지 않는다는 것. 셋째가 문불차文不借. 글을 빌리지 않는다는 것. 돈을 빌리지 않기 위해 부지런히 일했을 것이고, 사람을 빌리지 않기 위해 자식을 잘 낳아 길렀을 것이고, 글을 빌리지 않기 위해 어린 사람들을 잘 가르쳤을 것이다. 대단한 집안이고 대단한 교훈이다.

하지만 이렇게 당당한 교훈 앞에서도 예외인 것은 시간이다. 부모의 시간을 자식이 빌릴 수 없고 자식의 시간을 어버이가 빌릴 수 없다. 그것은 사랑하는 연인들끼리도 마찬가지다. 오직 나의 시간은 나의 시간일 뿐이고 너의 시간은 너의 시간일 뿐이다.

언제입니까? 이것은 참으로 중요한 문제요 물음이다. 나의 시간은 언제입니까? 나의 끝 시간은 과연 언제입니까? 때때로 물어야 하고 어물거리지 말고 대답하여야 한다. 그래서 늘 그 대답을 준비하면서 최선을 다하면서 살아야 한다. 그 시간을 향해 씩씩하게 나아가야 한다.

# 행복한 사람

직행버스를 타고 도착한 곳은 서울 동서울터미널. 한눈
에도 선량해 보이는 맑은 얼굴에 커다란 눈이 더욱 맑은 젊
은 여성 한 사람이 기다리고 있었다. 분홍빛 물방울무늬가
들어 있는 하얀색 원피스를 입고 있었다.

기분이 좋아진 나는 그녀에게 이것저것 말을 걸었다. 이
야기를 하면서 그녀가 두 아이의 엄마이고, 시부모가 돌아
가시고 친정엄마를 모시고 산다는 것을 알았다. 나이는 사
십 대 초반이지만 대학을 나온 직후 다른 직장에 있었으므
로 교직경력 10년 미만이란 것도 알았다.

사는 형편이 어떠냐고 물었을 때 그녀는 대뜸 답해왔다.
"지금 이렇게 사는 것이 딱 좋아요." 참 그것은 특별하고도
색다른 대답이었다. 지금껏 수없이 많은 사람들을 만나 이
야기해보았지만 이렇게 말하는 사람은 별로 없었다.

강연을 마치고 학교에서 점심 식사를 하고 다시금 다음
학교로 옮겨가는 시간이었다. 역시 그 여교사가 나를 전철
역까지 데려다주기로 했다. 꽤나 먼 거리를 다시 그 여교사

와 이야기하며 가는 길은 즐거운 시간이었다.

여전히 여선생님은 명랑한 목소리로 나의 말에 응대해 주었다. 이번에는 그녀가 더 많은 이야기를 했다. "지금 근무하는 학교는 조금 오래된 학교이고 규모도 작은 학교라서 교사들이 크게 선호하는 학교가 아니에요. 올해 처음 부임해서 와보니 교직원들 분위기도 우울한 편이고 서먹했어요. 밝고 환한 분위기로 바꿀 수 없을까 궁리하다가 학교에 채소를 심기로 했어요. 학교 행정실 아저씨에게 부탁해서 나무로 된 커다란 상자 화분을 마련하고 거기에 거름흙을 넣고 상추와 겨자를 심었어요. 채소가 자라 먹을 만해졌을 때 그것들을 뜯어 선생님들이랑 불고기 파티를 했어요. 그랬더니 선생님들 분위기가 대번에 좋아지더군요."

"그래서요, 그래서요……." 점점 나는 여교사의 이야기에 빠져들 수밖에 없었다. "네, 토마토가 익은 날 선생님들과 토마토 화분 옆에서 인증샷을 찍기도 했고요. 토마토 나무 하나하나한테 이름을 지어주기도 했지요. 그러니까 토마토가 사람들처럼 정다워지는 거예요. 토마토를 따서 먹기 전에 쟁반에 담아 사진을 찍은 다음 아이들에게도 보여주었지요. 그랬더니 아이들이 자기들도 먹고 싶다 그래요. 어머, 그런데 어쩌니, 미안하지만 이 토마토들은 이미 선생님들 배 속에 다 들어가 있단다. 그랬더니 아이들이 그러는 거예요. 그러면 선생님 저 사진은 토마토들 영정 사진이겠

네요. 그 말에 아이들도 웃고 저도 많이 웃었어요."

결코 거창하고 대단한 일이 아니다. 이렇게 사소한 일이라 해도 좋은 마음을 가지고 접근하면 좋은 결과가 생기는 것이다. 발상의 전환이 문제다. 나쁘다 나쁘다 그러고 거기에 빠져들면 더욱 나빠지고 거기서 빠져나오려고 노력하면 좋아지는 것이다.

그날 문득 만나고 헤어진 그 여선생님이야말로 내가 만난 사람들 가운데서 진정으로 행복한 사람이었다. 김명선 선생. 우리 나중까지 오래 만나요. 감사했습니다.

# 오후의 시간

세상이 바뀌고 사람들 사는 형식이 많이 바뀌었다. 아예 패러다임이 바뀌었다 하고 담론이 바뀌었다고들 말한다. 아주 오랫동안 우리는 가난한 삶을 살아왔다. 그래서 우리의 관심은 부자로 넉넉하게 사는 삶이었다. 그것을 행복이라고 믿었고 그것을 위해서 노력하며 살았다.

이제 어느 정도는 좋은 세상을 이루었고 부유하게 사는 사람들이 되었다. 적어도 오늘날 우리는 먹는 것, 입는 것, 사는 것에 크게 구애받지 않고 사는 사람들이 되었다. 그러는 동안 무너진 것은 정신적 안정이고 평화이고, 부족해진 것은 행복한 마음이었다.

리치를 말하던 입이 조그맣게 웰빙을 말하고 케어를 말하다가 이제는 일제히 입을 모아 힐링을 말하고 있다. 제각기 지쳤다고 하고 힘들다고 하고 트라우마가 생겼다고들 한다. 왜 그럴까? 부유한 삶을 이루기 위한 노력이 너무 과다했고 그로 해서 상처와 피로가 생겼기 때문이다.

이제는 좀 쉬어야 한다. 속도를 낮춰야 한다. 남들과 지나치게 비교하지 말아야 한다. 자기 자신을 더 오래 정성껏 들여다보고 칭찬하고 위로해주어야 한다. 사랑해야 한다. 양적인 팽창도 조금은 늦추어야 하고 가능한 한 이미 가진 것을 비워내도록 노력해야 한다.

강연장에 가면 나는 자기 자신을 더 칭찬하고 자기에게 용기를 주고 자기를 좀 더 위로해주자고 말한다. 내 집은 지은 지 30년이 다 된 시골 도시 공주의 한 아파트이고, 나는 자동차도 없어 자전거를 타고 다니는 사람이라고 말한다. 오늘도 대중교통으로 왔다고 말한다. 그러면 청중들은 모두가 호감을 보이며 나의 말에 귀를 기울인다.

바로 이것이다. 오늘날 사람들은, 자기 자랑을 하고 물질적으로 번쩍이고 아는 척하고 잘난 척하는 것을 싫어한다. 왜인가? 자기들도 모두 가진 것들이기 때문이다. 그 반대를 원한다. 초라한 가운데서도 행복하게 사는 모습을 원한다. 늙은 사람이지만 그 사람에게서 유쾌한 삶의 이야기를 듣기를 원하고 그 사람의 주름진 얼굴에 번지는 미소를 좋아한다.

오늘은 저녁 강의가 잡힌 날. 조금 있다가 출발하여 저녁 강의를 하러 갈 것이다. 바로 이런 이야기를 하러 갈 것이다. 불러주시는 세상의 마음과 손길이 더할 나위 없이 살갑게 느껴지는 오후의 시간이다.

# 집 밥

가끔 문학강연을 하러 가서 중등학생들을 만날 때 그들로부터 자주 듣는 말 가운데 '집밥'이란 말이 있다. 나로선 매우 생소한 말이다. 집밥이란 말이 오래전부터 쓰인 말인데 내가 몰랐든지 최근에 새로 생긴 말이든지 그 둘 중에 하나일 것이다.

이 말을 들을 때마다 나는 생각해보곤 한다. 밥이면 밥이지 어찌하여 집밥이 따로 있고 음식점 밥이 따로 있단 말인가? 이 말의 가슴 안에는 아이들의 아픈 마음이 들어 있다고 본다. 아이들은 마땅히 가족과 함께 자기 집에서 살며 엄마가 지어준 밥을 먹어야 한다.

그런데 현실적으로 그렇지 않은 데에 문제가 있다. 아이들이 자라 청소년이 되면서 집을 떠나 사는 시간이 점점 많아지게 된 것이다. 나중에는 아예 집을 떠난 공간에서 따로 외롭게 살게 된다. 여기에서 집을 그리워하는 마음이 생기고 집에서 엄마가 해주던 밥을 그리워하는 마음이 생긴다.

그래서 집밥이란 말이 나온 것이리라. 집밥이란 말을 들

194

으면 그 말 속에 들어 있는 눈이 맑고 가슴이 따스한 한 아이가 떠올라 마음이 아릿하게 아파진다. 아이들에게 집밥을 그리워하게 만든 어른들. 그리고 오늘의 세상. 무언가 잘못된 일이다. 아이들에게 미안한 일이다.

아이들아, 지금은 집밥이 그립지만 조금만 더 참고 견디면 엄마가 해주시는 따스하고도 구수한 집밥을 먹을 때가 분명 가까이 온단다. 조금만 참고 기다려보자꾸나.

# 흰 구름이 그립다

삶이 그대를 속일지라도
슬퍼하거나 노하지 말라!
슬픔의 날을 참고 견디면
머잖아 기쁨의 날이 오리니

마음은 언제나 미래를 꿈꾸고
현재는 우울하고 슬픈 것
모든 것들은 한순간에 지나가고
지난 것들은 또다시 그리워지나니.

—푸시킨, 「삶이 그대를 속일지라도」 전문

그냥 가슴으로 좋았던 문장이다. 맨 처음 이 시를 만난
것은 중학생 때 외갓집 마을의 이발소 벽에서였다. 조잡한
페인트 그림 안에 씌어 있었다. 나중에야 초등학교 3학년
국어 교과서에 배운 「금고기」란 동화도 푸시킨의 동화집에

196

서 나온 것이란 사실을 알게 되어 반가웠다.

꼭 한번은 가보리라. 푸시킨의 나라, 더불어 톨스토이와 도스토옙스키의 나라, 러시아. 그래서 지역의 문학 동호인들을 모아 러시아 여행을 결행했다. 4박 6일의 패키지여행. 그 짧은 여행으로 어찌 러시아를 충분히 알 수 있으랴만 나름대로 러시아의 문화와 문학적 토양을 접하게 되어 많이 기뻤다.

우리가 본 도시는 상트페테르부르크와 모스크바 두 도시. 명색이 문학여행이었던 만큼 그 두 도시에서 푸시킨과 도스토옙스키, 톨스토이를 보았다. 정확하게는 그들의 기념관을 보았고 도스토옙스키의 무덤을 보았다. 느낌이 많았다. 역사 속 문인들을 매우 정중히 모시고 있었고 자료 정리나 안내가 수준급이었다.

특히 그곳에서 일하는 사람들의 자존감이 아주 높았던 것이 인상 깊었다. 방문객에게 약간은 막무가내식이었고 조금은 무례하고 고압적인 태도까지 있었다. 러시아 사람들은 직업에 대한 귀천 의식이 비교적 많지 않아 누구든 자기가 하고 있는 일에 대해 만족하고 최선을 다하며 자긍심 또한 높다고 한다. 우리로서는 참 거리가 먼 얘기다.

푸시킨과 도스토옙스키의 기념관은 상트페테르부르크 시내 중심가에 있었다. 둘 다 아파트 구조였는데 그 당시에 이미 아파트 구조란 것이 놀라웠으며, 여러 개의 방에 생존

197

당시의 유물과 함께 비화가 머물고 있어 생동감을 주었다. 더구나 푸시킨 기념관에서는 우리말이 나오는 개별 안내기가 제공되어 푸시킨 시대로 돌아가 작가의 생애와 고뇌를 함께할 수 있어서 더욱 좋았다.

그런 가운데 내게 더 감동을 준 것은 러시아의 때 묻지 않은 건강한 자연이었다. 여덟 시간 비행기로 날아간 상트페테르부르크 공항은 저녁 아홉 시. 그런데도 바깥이 훤했다. 여섯 시간 시차, 뒤로 간 시간. 6월과 7월이 백야라는데 바로 그 백야 철에 우리가 간 것이다. 버스에 실려 호텔을 찾아가는 내내 창밖으로는 붉은 노을의 구름과 하늘이 따라오고 있었다.

이게 얼마 만에 보는 저녁노을인가! 그것도 백야의 밤 아홉 시에 보는 러시아의 저녁노을. 선명한 피 빛깔이었다. 피곤하고 지친 눈이지만 도저히 눈을 감을 수가 없어 눈을 부릅뜨고 보고 또 보았다. 그렇다. 이걸 보려고 그 먼 길을 비행기 타고 온 것이다.

우리에게도 이런 눈부신 저녁노을이 있었고 구름이 있었다. 그런데 그게 어느 사이 우리 곁을 떠나고 만 것이다. 내가 가지고 있는 책 가운데 1961년도 이희승 선생이 편집하고 민중서관이 발행한 『국어대사전』이 있다. 우리말을 최초로 가장 질서 있게 정리한 사전인데 이 책 속에는 '공해'란 단어가 나오지 않는다. 애당초 공해란 개념조차 없었던 시절이다.

그런데 이제는 공해란 말을 시작으로 스모그, 매연, 연무란 말을 거쳐 미세먼지의 시대가 되었다. 도대체 우리는 1년 가운데 며칠을 푸른 하늘을 보면서 사는가! 생각하면 가슴이 답답할 뿐이다. 만약에 우리 천진하고 정직한 아이들을 시켜 하늘을 그려보라고 주문하면 그들은 회색 물감을 들고 하늘을 그리지 않을까. 가슴이 답답할 따름이다.

그런데 러시아에는 흰 구름이 있었고 푸른 하늘도 그대로 있었다. 우리가 어려서 풀밭에 염소를 풀어놓고 팔베개로 벌러덩 누워서 바라보던 푸른 하늘이고 또 그 흰 구름이다. 먹구름도 있었다. 소나기 뒤에 오는 먹구름. 먹구름은 건강하고 힘이 셌다. 키가 큰 하늘에 키가 큰 흰 구름과 먹구름. 진정 흰 구름이 그리웠다. 건강하고 씩씩한 먹구름도 그리웠다.

# 먹구름 아래

며칠 전까지만 해도 햇빛이 살갗에 따갑고 숨이 막힐 정
도로 날씨가 사나웠는데 그야말로 며칠 사이에 날씨가 변
하고 말았다. 아침저녁 쌀쌀한 느낌마저 들고 풀숲에는 벌
써 풀벌레 소리 짜아하게 흩어져 있다.

오늘 아침 밖에 나가보았더니 산의 이마와 가랑이 사이
에 엷은 구름이 내려와 비단 자락을 펼치고 있는 것이 보였
다. 하늘은 온통 검은 구름 일색. 이런 구름은 여름이 올 때
볼 수 있고 여름이 물러갈 때 또 한 번 볼 수 있는 구름이다.

흰 구름은 보기가 좋고 아름답다. 머언 것, 그 무엇인가
를 꿈꾸게 한다. 하지만 검은 구름, 먹구름은 가까운 것, 보
다 구체적인 것들을 생각하게 한다. 흰 구름이 풍만한 여인
의 나신을 닮았다면 먹구름은 개구쟁이 아이들을 닮았고
씩씩한 청년과 가깝다.

저 구름이 흘러가다가 어느 곳엔가는 머물러 비를 뿌리
기도 할 것이다. 팔을 내린 채 슝슝슝 예고도 없이 그냥 헐
겁게 뿌리는 비, 건강한 비다. 그런 비 아래에서는 또 건강

200

한 꽃들이 자라고 곡식도 자라고 나무들도 자라고 있을 것이다. 눈을 들어 먹구름의 하늘 아래 저만큼 작은 마을을 생각해본다.

그 마을 어딘가에는 지금 봉숭아꽃들도 피어 있고, 분꽃도 피어 있고, 어제저녁 곱게 피었던 샛노란 달맞이꽃도 꽃송이 오므려 있고, 채송화꽃들도 한창 입을 벌려 웃음을 피워올리고 있겠지. 물론 예쁜 아이들도 살고 있고 고운 처녀 아이들도 살고 있겠지.

지금도 저 마을에 사는 처녀 아이들은 손톱에 봉숭아 꽃물을 들이는 관습을 따르고 있을까? 우선은 붉은색 봉숭아 꽃잎과 초록색 이파리를 따내어 거기에 백반이란 약을 넣고 절굿공이로 짓이길 것이다. 그런 다음 그것들을 손톱 위에 얹고 비닐이나 헝겊으로 싸맨 뒤, 실로 찬찬 묶을 것이다.

그렇게 하고 하룻밤을 지나고 나면 조그맣고 예쁜 처녀 애들의 손톱은 봉숭아 꽃물을 함빡 받아들여 검붉은 색깔로 변할 것이다. 봉숭아꽃처럼 건강하고 예쁜 처녀 아이들. 그런 처녀 아이들이 사는 마을. 그 처녀 아이들은 봉숭아 꽃물 들인 새끼손톱이 첫눈 내리기 전까지 다 잘려나가지 않으면 첫사랑이 이루어진다는 전설을 또한 믿고 있을까?

이런 생각만으로도 먹구름은 우리에게 건강하고도 아름다운 꿈을 선물한다. 이렇게 몇 차례 비가 내렸다 그치기를 되풀이하다 보면 더욱 날씨가 기울고 이 땅에도 다시 한

번 가을이 찾아올 것이다. 이러한 생각과 마음은 우리로 하여금 내일을 기대하게 하고 씩씩하게 하루하루를 살아가게 하는 원동력이 되어준다. 역시 먹구름이 선물하는 삶의 한 에너지이다.

## 나 무 어 른

　지난 토요일엔 양평에 갔었다. 강의 일정이 그쪽으로 잡혔던 것이다. 마침 양평까지 오가는 자동차가 마련되어 아내와 동행한 길이었다. 강의를 마친 다음, 강의를 주최한 사람들이 우리를 데리고 양평에 있는 용문사에 가주었다. 용문사는 용문산에 있는 절이다. 절과 산도 보겠지만 주된 목적은 용문사 은행나무를 보기 위해서였다.

　주차장에 차를 세우고 산길을 걸어 절까지 가는 길이 꽤나 꼬닥꼬닥하고 멀었다. 하지만 위로 올라갈수록 공기가 신선해지면서 숨 쉬는 것조차 편안해져 좋았다. 몸속으로 나무숲의 초록이 그대로 들어와 몸과 마음을 초록으로 물들이는 듯싶었다. 강의를 마친 나른한 몸이 점점 상쾌해지고 있었다.

　드디어 산길이 멈추고 절의 형상이 나타나자 절간 앞에 선 여러 그루 울울창창한 나무들과 함께 우리가 만나기 위해서 찾아온 은행나무가 떡하니 버티고 선 것이 보였다. 용문사 은행나무. 공식기록 수령이 천 년하고도 백 년이 된다는 나무. 우리나라에서 가장 오래된 나무요 가장 키가 큰 나무라 한다.

위용이 대단하다. 아니, 그 모습이 특별하다. 그냥 하늘로 뻗쳐 올라갔다. 그것도 두 줄기가 하늘을 받들었다. 마치 거내한 형상의 사람이 곧바로 서서 두 팔을 벌리고 있는 것 같다. 외치는 것 같기도 하고 기도드리는 것 같기도 하고 만세 부르는 것 같기도 하다. 그야말로 압도다. 대번에 '어른이시다'란 감회가 왔다. 나무 어른.

대뜸 사진기를 열어 사진을 찍으려 하니 거리가 가까워 그 전모가 잡히지 않는다. 언젠가 스페인에 갔을 때 스페인 광장을 둘러보고 나오는 길에 만난 태산목 하나가 그렇게 컸던 기억이 난다. 또 미국의 요세미티국립공원에서 만난 나무들이 그렇게 컸던 기억이 난다. 어쨌든 내 생애 가운데 이렇게 큰 은행나무를 만난 일이 없다.

둘러보니 주변의 나무들이 모두 크고 우람하다. 건강하기까지 하다. 자연환경이 나무들을 건강하게 오래 살게 하는 게 아닌가 싶다. 마침 계절은 초여름. 은행나무도 그 초록빛이 대단했다. 쭉쭉 뻗은 가지들도 힘차고 가지 끝에 달린 나뭇잎들이 무성하다. 나무가 아직도 건강하다는 증거다. 천 년을 지난 나무라고 여겨지지 않는 청춘의 모습이다.

땅의 기운이 솟구쳐 하늘로 뻗쳤고 하늘도 부드러운 가슴을 열어 땅의 기운을 받아주고 계신다. 나는 경배드리는 심정으로 은행나무 앞에 오래도록 서 있었다. 은행나무의 싱싱함과 강인함과 의젓함이 나의 몸속으로 스며들어오는 듯한 느낌이 들었다. 오래된 절에 가서 부처님은 만나지 않고 나무 어른 한 분을 만나고, 부처님에게 경배드리는 대신 나무 어른에게 경배드리고 온 셈이다.

산사의 찻집에서 차 한 잔을 청해서 마시고 산길을 내려오는 시각은 오후 5시 50분. 땡! 하고 종소리가 세상으로 돌아오는 우리의 등을 밀어주고 있었다.

# 상 사 화

어제 아침의 일이다. 잔디밭 저 너머 담장 아래에 길쭉
하게 만들어진 화단 한가운데 무언가 희끄무레하게 보이
는 꽃이 있었다. 저게 무슨 꽃일까? 다가가 보니 상사화였
다. 상사화. 상사초. 일명 만무릇. 이 꽃은 매우 특별한 꽃이
다. 꽃과 이파리가 평생을 두고 서로 만나지 못하고 애타게
그리면서 생각만 한다 해서 상사화相思花다. 매우 심정적인
꽃 이름이다.

우선 새봄에 소담스러운 이파리가 나온다. 마치 군자란
같이 널따랗고 둥글고 길쭉한 칼 모양의 이파리다. 이 이파
리가 한동안 그렇게 있다가 초여름쯤이면 시들어 죽는다.
그 자리에 아무런 꽃도 없는 것처럼 공터가 된다. 그러나
그 자리에 다른 꽃을 심으면 안 된다. 머지않아 꽃대가 올
라오기 때문에 그렇다.

상사화는 한여름의 무더위와 가뭄을 힘겹게 이기고 난
뒤에 피어나는 꽃이다. 이파리 먼저 피었다 지고 그 자리에
꽃대만 홀로 피어나기에 더욱 신기로운 꽃이다. 보는 사람

의 마음을 애잔하게, 애처롭게 만들어주는 꽃이다. 그러고
보니 이것은 꽃의 일이 아니고 사람의 일인가 한다.

내가 어려서 초등학생 때의 일이다. 그때까지 한 번도
마을에서 상사화를 본 일이 없었다. 어쩌면 다른 집에 이
꽃이 피어 있었는데 눈여겨보지 않아서 몰랐을 수도 있겠
다. 일가친척도 많지 않고 외롭게 외할머니네 집에서 살 때
이다. 친척 집이 있다면 외할머니네 친정집이 한동네에 있
었고, 사촌 이모네 집이 천방산 속 절꿀마을 그 너머 산속
에 있었을 뿐이다.

4학년이나 5학년 때 여름 방학 끝자락이었지 싶다. 외할
머니에게 허락을 받고 예의 그 천방산 속, 사촌 이모네 집
에 다녀오겠다고 하고 떠난 길이었나 보다. 아침 일찍 길을
떠나 산골길을 걸어 이모네 집으로 향했다. 외할머니나 어
머니를 따라 한두 차례 가본 일이 있던 길이다. 기억을 더
듬어 찬찬히 걸었다.

하마다리를 지나 처마꿀, 처마꿀은 외할머니네 논이 있
는 마을이고 그 마을 지나 산모퉁잇길을 감돌아 가면 엉굴
헝길(깊게 파인 구렁이 있는 길)이 나오고 조금만 산길을 더
가면 절꿀마을이 나오고 그 마을을 가로질러 조그만 언덕
과 개울을 건너면 바로 목적지인 사촌 이모네 집이 보인다.
조촘조촘, 그렇게 기억을 더듬어 길을 찾았을 것이다.

아이의 기억은 비교적 정확했고 낯선 길은 어린아이를

반겨주어 어린아이가 가고자 하는 곳으로 잘 안내해주었
다. 절꿀마을을 지나 조그만 언덕을 넘어 개울을 바라보며
섰다. 그때 아이는 깜짝 놀라고 말았다. 눈앞에 신비한 풍
경이 펼쳐졌다. 처음 보는 꽃인데 꽃송이도 크고 빛깔이 연
분홍으로 예쁜 꽃들이 개울 가득 떼를 지어 피어 있었다.
그것은 꽃으로 지은 궁성 같은 것이었다. 아! 아이의 입에
서는 탄성이 나왔다. 어쩌면 소리도 내지 못하고 그냥 가슴
으로만 떨고 있었을지도 모를 일이다.

그냥 떨림이었다. 그냥 질림이었고 전율이었다. 화려한
생명체를 만났을 때 또 다른 생명체의 반응. 개울이라고는
하지만 산속에 있는 건천이라서 일 년에 한두 차례 큰물이
지나는 개울인데 거기에 상사화가 가득 자라 아이가 올 때
를 맞추어 그렇게 꽃을 피웠던 것이다. 나는 이적지 살면서
그렇게 놀랍고도 화려한 환영을 받아본 적이 없다. 그런 뒤
로 나에게 상사화는 특별하고도 특별한 꽃이 되었다.

여름날 모진 더위와 가뭄을 지나 문학관 뜨락에 올해도
이렇게 상사화가 피어났다. 다른 사람들에겐 흔한 꽃이겠
지만 나에겐 감사요 감격이 아닐 수 없다. 상사화는 내 어린
날의 초상이고 또 그 꽃 속에는 사촌 이모네를 찾아가던 날
아이의 가쁜 듯한 숨결이 있고 환하게 맞아주던 동옥이 이
모, 그 말더듬이 이모의 떫은 듯 서투른 미소가 들어 있다.

# 팽나무 집 할아버지

나의 고향은 충남 서천에 있는 조그만 마을, 막동리. 막꿀이라고도 부르는 산골. 막꿀은 또 몇 개의 마을로 나누어지는데 건너막꿀, 백조개, 북청매, 당살매, 모탱이, 집너머가 그 이름들이다. 촌스러운 대신 정다운 느낌이 나는 이름들이다.

나의 고향 집이 있는 곳은 그 가운데서도 집너머마을. 이것은 내가 고향 마을 학교에서 선생으로 근무할 때 들은 이야기이다. 담임을 맡았던 6학년 학생 중에서 이길원이라는 아이가 있었다. 그 아이가 태어났을 때의 이야기라고 한다.

길원이네 집이 있는 곳은 백조개마을. 백조개마을에는 기와집이 한 채 있고 또 부자로 사는 집들이 여럿 있었다. 길원네도 부잣집 가운데 하나인데 기와집 옆에 있었고 집 앞에 커다란 나무 한 그루가 자라고 있었다. 나무 이름은 팽나무. 그래서 동네 사람들은 길원네 집을 팽나무 집이라 불렀다.

팽나무 안집 사람들은 마음이 유순하고 착한 사람들이

었다. 길원이 할아버지는 더욱 마음이 선량한 어른이었고 말씀을 잘 안 하시는 어른이었다. 그런데 길원이네 집에는 소원이 하나 있었다 한다. 길원이 엄마가 딸만 내리 낳아서 아들을 하나 낳는 것이 바로 그것이었다.

딸 셋을 낳은 뒤 드디어 아들이 태어났다. 그 아들이 바로 길원이다. 길원이가 태어난 날이었다고 한다. 할아버지는 매우 기쁜 마음이 들었다. 이 기쁜 마음을 누군가에게 자랑하고 싶었는데 말할 사람이 아무도 없었다고 한다.

길원이 할아버지는 뒷짐을 지고 슬슬 마을로 나갔다. 마을의 공터 모래밭에 아이들이 모여 놀고 있다. 아이들은 모래로 성을 쌓으면서 놀고 있다. 두꺼비집을 짓고 있다. 길원이 할아버지는 그 아이들 곁으로 다가갔다.

"얘들아, 얘들아. 내 말 좀 들어보렴." 아이들은 모래 장난 하던 손을 멈추고 길원이 할아버지를 잠시 바라보다가 이내 모래 장난을 계속했다. 그래도 길원이 할아버지는 아이들에게 말을 걸었다.

"얘들아, 얘들아. 저기 있잖니. 저기 저 팽나무 안집에 손자아이가 태어났단다." 아이들은 아예 고개도 들지 않고 저희들 놀이만 계속했다. 그래도 할아버지는 기분이 좋았다.

누군가에게 자랑하고 싶었는데 그 자랑을 했기 때문이다. 뒷짐을 진 채 길원이 할아버지는 먼 산을 바라보며 빙그레 미소를 지었다. 그러면서 속으로 중얼거렸다. '그래,

우리 집에 손자아이가 태어났단다.'

그렇다. 우리는 이렇게 모두 귀하고 소중하게 태어난 사람들이다. 그렇게 누군가의 자랑스러운 아들이고 딸이고 또 손주들인 것이다.

# 망천 아저씨

농촌 사람이지만 우리 아버지는 농사일로 잔뼈가 굵은 그런 농사꾼이 아니다. 젊어서부터 도회에 나가 직장생활을 하고 싶었으나 그것이 잘 안 되어 마지못해 농사일을 하는 분이어서 농사일에 매양 서툴고 불만이 많았다.

그 당시의 농촌에서는 품앗이 같은 것이 많았다. 이편 농사일을 저편이 해주면 이편도 그만큼 저편 농사일을 해주는 것이 바로 품앗이다. 특히 모내기와 논에 난 풀을 뽑는 김매기가 그러했다.

아버지도 가끔은 그런 품앗이로 남의 집 일을 하는 경우가 있었다. 품앗이로 일하고 돌아온 날은 매우 힘들어하시고 또 품앗이 날이 비 오는 날이었든지 그날에 밀가루 음식을 드셨을 땐 밤에 배앓이를 자주 하셨다. 배앓이 가운데 가장 심각한 것은 토사곽란이다.

토사곽란에는 침이 특효다. 아버지가 토사곽란이 난 날 어머니는 부엌에 나가 설탕을 넣어 백비탕을 끓여 아버지에게 드린다. 설탕물도 약이 되던 시절의 이야기다.

212

그래도 증상이 가라앉지 않으면 침을 맞아야 한다. 우리 고향 시골 마을엔 침을 놓는 어른이 딱 한 분 있었다. 고개를 넘어 백조개마을에 사는 망천아저씨가 바로 그분. 그 아저씨는 집안의 항렬로 보아 아저씨뻘이다.

"아무래도 안 되겠다. 너희들 가서 망천아저씨 좀 모셔오거라."어머니의 말이 떨어지면 망천아저씨를 모시러 가야 한다. 그런데 망천아저씨 댁까지 가는 길이 여간 험하고 무서운 길이 아니다.

작은 고개를 넘는 것은 괜찮은데 그 고개 옆에 무덤들이 여럿 있고 우거진 대숲이 있는 것이 문제이다. 비가 오거나 바람이 불면 사방에서 이상한 소리가 들리고 호롱불을 앞세워 길을 간다지만 자칫 호롱불이 꺼져버리면 더욱 무서운 밤길이다.

어둠을 뚫고 망천아저씨네 집에 도착한다. 사립문이 닫혀 있다. 사립문을 밀고 안으로 들어선다. 마루 끝에 선다. 망천아저씨네 집 창문엔 벌써 불이 꺼져 있다.

"아저씨! 아저씨! 아저씨 계세요?"안에서는 오래 기척이 없다. 한참 만에 창호지 문에 흐린 불빛이 밝혀진다. "밖에 누구냐?"망천아저씨의 목소리가 들린다. "네, 집너머에서 왔어요.""집너머 누구냐?""저희들 영주(어릴 적 내 이름)하고 선주예요."

"왜?""아버지가 침을 맞으셔야 한대요.""그래?"다시 한참 만에 방 안에서 부스럭거리는 소리가 오래 들린다. 천천히 문이 열리고 망천아저씨가 마루로 나온다. 우리는 드디어 안도의 한숨을 쉰다. 이젠 됐다. 집으로 돌아가는 길도 망천아저씨와 함께 가니 무섭지 않을 것이고 침을 맞으면 아버지의 배앓이도 금방 나을 것이다.

어른이 되어서도 망천아저씨의 기억이 오래오래 남아 지워지지 않는다. 아이들이 밤길에 와서 찾으니 마다하지 않고 잠에서 깨어 따라나섰던 침쟁이 아저씨. 침을 놓고 환자가 안정되는 것을 살피고 밤길에 혼자서 돌아갔을 침쟁이 아저씨. 참으로 고마우신 어른이다.

# 계 란 프 라 이

우리 아버지는 빈농 출신으로 열 살 때 할아버지를 여의고 여러 동생들과 함께 홀어머니인 할머니를 모시고 소년 가장이 되어 오로지 혼자의 힘으로 노력하고 일어서서 한 가정을 일으킨 입지전적인 분이다.

열아홉 살 되던 해에 동갑인 어머니를 만나 결혼을 했는데 처음엔 데릴사위가 되어 처갓집인 나의 외갓집으로 호적을 옮겼다가 아이 둘을 낳은 뒤 광복이 되어 데릴사위에서 풀려 호적을 다시 파서 친가로 돌아온 분이다.

논 여섯 마지기 소작농으로 살다가 역시 광복 후 농지개혁법에 의해 여섯 마지기 논을 정부로부터 불하받은 뒤 오로지 그 농토에 의지하여 여러 식구들의 호구지책을 삼았으며 나중에는 마을 이장이 되어 10년 동안 마을 일을 돌보며 살았다.

아침마다 아버지는 남보다 먼저 일어나 논으로 나가 논을 살피고 논 옆에 딸린 밭으로 나가 밭곡식을 살피고 그러고도 남는 시간은 마을의 집집을 돌며 안부를 물었고 필요한 일, 해야 할 일들을 챙겼다.

그러던 어느 날 마을 길을 돌고 집으로 온 아버지의 말씀 한마디가 오늘날까지도 영 잊히지 않고 마음에 남았다. 그것은 어머니에게 하신 말씀.

"여보, 건너막꿀 이광규 선생은 학교로 출근하면서 사모님한테서 계란 프라이를 하나씩 받아먹데. 나도 언제나 아침마다 계란 프라이를 하나씩 먹는 사람이 될까?"

그것은 아버지의 신세 한탄이기도 했는데 아버지는 출근길 새하얀 접시에 담긴 계란 프라이를 하나씩 얻어먹는 당신 나이 또래의 이광규란 이름의 초등학교 선생님이 무척이나 부러우셨던 모양이다.

실은 어려서 초등학교 교사가 되고 싶었지만 가정 형편상 그러지 못했던 아버지이다. 또 젊어서는 객지로 나가 직장생활을 하고도 싶었으나 홀어머니와 아내가 붙잡아 그러지도 못했던 아버지이다.

당신이 살고 싶었던 당신의 인생을 위해서는 한 발자국도 결행하지 못하고 젊은 날을 소진시키고 만 아버지이다. 처옥자쇄妻獄子鎖, 아내가 감옥이고 자식이 쇠사슬이란 말인데 어쩌면 이 말은 우리 아버지 같은 분을 두고 한 말이 아닌가 싶기도 하다.

그렇게 우리 아버지는 가정에 매달리며 산 분이다. 그 덕분에 나는 초등학교 교사가 되어 교장까지 맡아보았고,

바로 아래 남동생 또한 초등학교 교사가 되어 정년퇴임 때까지 근무하는 사람이 되었다.

아침마다 이슬에 젖어서 돌아오곤 하던 우리 아버지의 신발. 아침마다 계란 프라이를 하나씩 어머니로부터 받아먹는 남편이 되고 싶었지만 끝내 그 소원을 이루지 못한 우리 아버지. 이제는 내가 그 아버지를 따라서 늙는 사람이 되었다.

# 죽에 대하여

우리말에 '식은 죽 먹기'란 말이 있다. 그만큼 일이 쉽다는 것을 빗댄 말이다. 밥이나 죽이나 곡식으로 짓는 음식이다. 그러나 밥이, 재료로 쓰이는 곡식이 형태 그대로 탱탱하게 살아 있는 음식이라면, 죽은 곡식을 으깨거나 분해될 정도로 끓여 묽게 만든 음식이다.

우리의 어린 시절은 참으로 가난하고 춥고 배고팠던 시절이었다. 양식이 부족하니 죽으로 끼니를 때우지 않는 집이 없을 정도였다. 죽에는 곡식만 들어가는 것이 아니라 채소나 해물이 부재료로 들어가기도 한다. 양을 부풀리기 위해서다. 그래서 시래기죽, 호박죽, 들깨죽, 고기죽, 해물죽 같은 이름이 생기게 되었다.

물론 나도 어려서 죽을 많이 먹고 자란 사람이다. 대개 죽을 자주 먹은 경험이 있는 사람은 죽을 싫어하는 경향이 있다. 우리 어머니가 그렇고 아내가 또 그렇다. 아예 죽을 끼니로 생각지도 않는다. 죽은 뭔가 부족한 음식이고 헐거운 음식이라는 느낌일 것이다. 과거의 행복하지 못했던 경험이 후일의 삶을 지배하는 경우이다.

그러나 나는 그렇지 않다. 죽을 먹으면 오히려 행복하고 따스한 느낌을 갖는다. 누군가로부터 보호받는다는 느낌까지 든다. 이 또한 유년의 경험과 맞물린 하나의 반응이다. 내 어려서의 모성, 외할머니는 웬만하면 나에게 죽을 먹이지 않으려고 애쓰셨다. 당신은 비록 죽을 드셔도 나에게만은 밥을 먹이려고 하셨다.

나에게 죽은 몸이 아플 때 먹는 음식이다. 배탈이 났다거나 식욕이 많이 떨어졌을 때 뱃속을 달래기 위해서 먹는 음식이다. 그러므로 죽은 따스하고 부드러운 음식이고 사랑스러운 음식이다. 그러니 죽이 싫지 않은 것이다. 오히려 가끔 나는 아내에게 죽을 쑤어달라 청하는 입장이다.

10여 년 전 죽을병에 걸려 105일 동안 물 한 모금 밥 한 숟갈 먹지 못하고 버틴 적이 있다. 병세가 호전되어 음식을 먹기 시작할 때 참 어려운 과정을 거쳐서 밥을 먹게 된 일이 떠오른다. 우선은 물 마시기다. 물을 베어서 씹어서 먹으라고 했다. 그것이 성공한 다음 음식이 나왔다. 맑은 미음, 미음, 죽, 밥의 순서로 나왔다.

식은 죽 먹기라 했는데 전혀 그렇지 않았다. 그런 일로 해서 죽은 내게 고마운 음식이 되었다. 죽만 앞에 놓으면 고맙고 감사한 생각이 든다. 나에게 죽의 원본은 흰죽이다. 아무런 부재료 없이 단지 쌀만 넣어 쑤는 죽이 흰죽이다.

보얗게 쌀알이 제 육신을 부수어 만들어낸 부드럽고 따스하고 편안한 음식. 그 음식에 오로지 간장만 넣어 간을 맞추어 먹다 보면 조금씩 힘이 솟는 자신을 느끼곤 한다.

그런데 아내에게는 전혀 다른 음식이다. 죽을 먹으면 뭔가 부족한 느낌이 들고 손해 본 것 같은 생각이 든다고 한다. 한 가지 음식을 두고 두 사람의 서로 다른 반응. 고마운 음식과 섭섭한 음식 사이. 그 사이에 아내와 나의 인생이 놓여 있지 않나 싶다.

# 아내

처음 나한테 아내는 다만 어리고 낯선 여자였다. 그런데 오랜 날들 함께 살면서 아내는 내 옆에서 쉬임 없이 자라났고 이제는 나보다 큰 사람이 되었고 나보다 어른인 사람이 되었다. 오히려 내가 아내 앞에서 어린애로 남았다.

'아내는 남자의 집이다'라는 『탈무드』의 말은 허언이 아니다. 외국 여행을 떠나거나 일박 이일로 강연 여행을 갈 때도 아내만 동행하면 아무런 걱정이 없다. 문단속, 전기단속, 가스단속만 잘하면 아파트 집은 전혀 걱정거리를 주지 않는다.

남자가 결혼생활을 한다는 것은 함께 사는 여자인 아내한테 길들여진다는 것을 의미한다. 음식도 아내가 만들어주는 음식이 점점 입에 맞아간다. 집에서 혼자 작업할 때도 아내가 있는 날과 아내가 없는 날이 다르다.

한동안 컴퓨터 앞에서 글을 쓰다가도 가끔은 아내를 불러보거나 아내를 찾아본다. 여보 어디 있어요? 나요? 나 여기 있어요. 집 안 어느 구석에선가 아내의 목소리를 듣고

나서야 비로소 안심이 되어 다시 작업을 이어가는 사람이
나다.

　그런 점에서 아내는 그냥 여자가 아니다. 여자이면서 여
자 그 이상인 사람이다. 이 세상 여자를 모두 합한 존재이
면서 그 이상의 사람. 그러니까 어린 누이인 사람이고 손위
누님인 사람이고 모친이기까지 한 사람이다.

　그 어떤 동행자보다 인생 끝날까지 함께할 동행자. 삶에
문제가 생겼을 때 가장 먼저 말하고 도움을 청할 사람. 가
장 좋은 조언자이며 위기에서 구원자가 되어줄 사람. 어찌
아내가 없는 중년 이후의 인생을 생각할 수 있겠는가.

　날이 갈수록 아내에 대한 의존도가 높아지고 있다. 큰일
이다. 하루도 아내 없는 날을 상상할 수가 없다. 집 안에서
아내가 하는 일 가운데 그 어떤 일을 내가 할 줄 안단 말인
가! 나에겐 아무런 방책이 없다는 것이 또 문제다.

　하지만 어쩌랴. 신이 허락하는 데까지 가보고, 살아지는
날까지 살아볼 일이다. 여보, 고마워요. 나의 나머지 날들도
잘 부탁해요.

# 나의 아버지

부모 가운데 아버지는 바깥부모로서 엄하고 딱딱하다. 어머니가 대문 안 세상의 안내자라면 아버지는 대문 밖 세상의 안내자이다. 그건 나의 아버지도 그랬다. 만약 나에게 아버지가 안 계셨더라면 나의 인생은 결코 오늘과 같은 인생이 되지 않았을 것이다. 나에게 아버지는 멀면서도 가까운 어른이고 인생의 안내자이며 동행이신 분이다.

어려서 아버지는 무섭기만 한 남자 어른이었다. 맏이인 아들에게 거는 기대가 커서 자주 만족하지 못하셨고 아들의 삶 전반을 아심찮아 하는 눈빛으로 바라보곤 하셨다. 나는 그런 아버지가 부담스러웠다. 어떤 때는 피하고 싶었고 어떤 때는 싫기까지 했다. 그렇게 평생을 아버지와 평행선을 이루며 살아왔다.

하지만 나는 아버지를 피해서 살 수가 없다는 것을 알게 되었다. 뛰어봐야 아버지 손바닥 안에 있는 작은 아이였고 아버지가 쳐놓은 울을 벗어나지 못하는 나날들이었다. 나아가 나는 아버지의 대리인으로 살기도 했다. 초등학교 선생을 한 것부터가 아버지 대신으로 했던 직업이었다. 어디에 가서 어떤 삶을 살든 아버지의 눈과 귀가 나의 등 뒤에 있게 마련이었다.

나중에는 아버지와 함께 가기로 마음먹었다. 점점 아버지의 인생이 이해가 가고 아버지와 가까운 아들이 되었다. 끝내는 세상에서 우리 아버지만큼 아버지 노릇을 잘 해낸 아버지가 없을 것이라는 생각에 이르렀다. 아버지가 존경스럽고 자랑스럽기까지 했다. 감사한 마음이 들었다. 그렇게 해서 아버지에 대한 생각이 여러 차례 바뀌었다.

일제 침략기 힘든 시대에 태어나서 모진 풍파를 다 이기며 사신 분이다. 1926년 병인생. 범띠. 씻은 듯 가난한 집안의 둘째 아들로 태어나셨다. 열 살에 할아버지를 여의고 위로 형님 되는 분이 일본으로 출분出奔하는 바람에 맏아들 노릇을 하면서 홀어머니를 모시고 살았다. 소작농으로 부치는 논이 여섯 마지기. 공주 갑부 김갑순의 사돈인 김윤환의 소유였다고 한다.

해방이 되면서 농지개혁법에 따라 짓던 땅을 불하받아 자작농이 되기는 했지만 농토가 워낙 적어 평생을 빚으로 고생하며 사신 분이다. 내가 결혼하여 살던 1975년도까지도 남의 집 쌀 빚이 있었던 우리 집이니 아버지의 생애에 있어서 빚과의 질긴 인연은 말할 것도 없는 일이라 하겠다.

아버지의 학력은 초등학교 졸업이 전부인데 그것도 다

른 사람들 졸업할 나이인 13세에 입학을 하여 18세에 졸업을 하셨다. 그래도 아버지 생애에 행운이라 할 일은 어머니와 결혼을 한 일이다. 어머니는 무남독녀였는데 외할아버지가 데릴사위로 아버지를 점찍어 그렇게 된 것이다. 갈자리 몇 닢만 있고 겉보리 서 말만 있어도 들어가지 않는다는 데릴사위 자리다.

아버지가 처가살이를 하는 동안 나와 여동생 한 명이 태어났다. 그러나 해방이 된 이후 데릴사위를 물리고 본가로 돌아와 함께 살던 두 남동생을 결혼시켜 분가시키고 우리 형제자매 여섯을 낳고 기르고 가르쳐서 성가시켰다. 지금 와서 돌아보면 놀라울 정도의 인생 성공이다. 그 누구도 따라 할 수 없는 업적이다.

아버지라고 해서 당신이 살고 싶었던 인생이 없었던 것은 아니다. 한때 아버지는 고향 집을 떠나 당신이 하고 싶은 일을 하면서 당신의 삶을 살고 싶어 했다. 그러나 실행하지 못했다. 그런 일이 한번 있었다면 결혼을 하던 해에 서울 체신양성소 전신과를 수학하고 서천우체국 직원으로 잠시 근무했던 일이 전부이다.

애당초 아버지의 꿈은 초등학교 교사가 되는 것이었다. 하지만 5년제 사범학교에 들어가기에는 이미 나이가 많았고 또 추천인으로 의뢰한 마을 유지의 방해로 실패하고 말았다 한다. 그래서 아버지는 내가 아들로 태어나자마자 당

신이 이루지 못한 초등학교 교사의 꿈을 나를 통해서 이루
고자 하셨다 한다. 내가 입학 적령보다 한 살 앞서 학교에
들어간 것도 실은 아버지가 나이가 많아 교사가 되지 못한
것에 대한 반작용으로 그러신 것이다.

아무튼 나의 인생은 그렇게 해서 나의 인생이 아닌 아버
지의 인생이었고, 나의 삶은 아버지의 대리인으로 사는 삶
이었다. 교직 생활 중 내가 초등학교 교장을 하기도 했지
만, 그것은 일찍이 아버지가 했어야 할 교장을 내가 나중에
한 것이나 마찬가지였다. 그렇게 나의 인생은 독립된 인생
이 아니라 아버지의 인생과 철저히 연결된 인생이었다.

우리 아버지는 참 똑똑하고 재주 있고 다방면으로 능력
있는 분이셨다. 신체도 건강하고 초등학교 공부만 한 분치
고는 지식도 많았다. 뒷글을 배워 말글로 쓴다는 말이 있는
데 우리 아버지야말로 그런 분이셨다. 글씨를 잘 쓰셨고 언
변이 좋았고 특히 세상을 사는 판단이 정확했다.

고난의 시절, 혼란의 시대였다. 8·15 광복. 6·25 전쟁.
그리고 이후의 날들을 맨몸으로 부대끼며 살았던 분이다.
특히 6·25 공간에 잠시 마을의 자치대장으로 일하기는 했
지만 9·28 수복이 되면서 북쪽으로 끌려가는 납치 행렬에
서 꾀를 부려 산길에서 굴러떨어져 도망친 뒤 자진해서 논
산훈련소에 입대하여 국군으로 3년 동안 복무하신 일은 매
우 탁월한 선택이요 처신으로 보여진다.

만약 그때 아버지가 그렇게 하지 않았다면 그 이후 나의 삶에도 어두운 그림자가 많이 지배했을 것이다. 지금 와서 딴 세상 이야기 같지만 사실이다. 여동생의 남편이 사법고시에 합격하여 사법연수원에 들어갈 때도 심하게 신원조회가 있었는데 통과했고, 1979년 내가 흙의 문학상 대통령상을 받을 때도 신원조회가 있었는데 역시 무사히 통과된 것은 아버지가 6·25 참전 용사였기 때문이다.

오늘날 내가 있는 것은 오로지 아버지의 결단 덕분이다. 어려운 집 살림에 중학교에 보낸 것부터가 그렇고 그 이후의 인생살이에 대한 안내나 충고도 아버지에게 빌린 지혜가 많았다. 하지만 아버지는 독립적으로 당신의 삶을 살지 못하신 분이다. 오로지 가족을 위해서 산 인생이고 자식을 위해 희생한 일생이었다. 생각해보면 안쓰러운 일이고 송구스러운 노릇이다.

난세를 살면서도 현명했던 아버지. 어려운 살림에도 근면하게 살면서 자식들을 잘 키우신 씩씩한 아버지. 그런 아버지 없이 어찌 오늘의 내가 있을 수 있었을까? 75년이나 어머니와 정 좋게 사셨는데 그 어머니 저세상으로 먼저 보내시고 혼자 되신 아버지. 아버지는 지금 94세의 연세로 요양병원에 혼자 계신다. 부디 세상에서 좀 더 오랜 날 사시다가 나중에 어머니 만나러 가시기를 기원한다. 그것이 아들 된 자의 소원이다.

# 가로등이 켜지는 시간

12년 전 병원에 장기 입원해 있을 때의 일이다. 그날이 그날, 똑같은 일정이 반복되는 날들. 조금씩 좋아지고는 있었지만 퇴원 날짜가 자꾸만 늦춰지는 바람에 병원 생활이 더욱 지루하고 따분했다.

게다가 잠까지 잘 오지 않는 밤이 잦았다. 기왕 밤잠을 설치고 잠을 제대로 잘 수 없다면 밤을 한번 꼬박 새워보면 어떨까. 그렇게 작정하고 밤을 지새워보기로 한 적이 있다. 그러나 밤을 새우는 데는 무언가 목표가 있어야 했다.

생각 끝에 나는 병원 밖 주차장에 있는 가로등의 불빛이 언제 켜지고 언제 꺼지나, 그것을 좀 지켜보면서 밤을 새워보기로 했다. 저녁 시간이 되어 날이 조금씩 어두워지기 시작했다. 아직은 가로등의 불이 켜지지 않은 상태였다.

나는 눈길의 초점을 가로등에 집중시켰다. 가로등의 불은 좀처럼 켜지지 않았다. 그런데 어느 사이엔가, 그러하다 어느 순간, 눈 깜빡하는 사이, 가로등에 불이 켜졌다. 깜빡, 기적처럼 그것은 순간이었다. 찰나였다. 하마터면 가로등 불이 켜지는 순간을 놓칠 뻔했다.

그야말로 그것은 거짓말 같은 사실이었다. 전혀 엉뚱한, 전혀 예상 밖의 일. 모른 척, 멀뚱한 눈으로 뒷짐을 진 채 시치미를 떼고 서 있는 사람처럼 가로등은 불빛을 들고 서 있을 뿐이었다. 아무도 방금 전에 가로등 불이 켜졌다는 사실을 알지 못했다.

아니다. 아무도 그것을 알려고 하지 않았고 알 필요조차 느끼지 않았다. 그냥 한 날이 저물고 가로등이 켜졌을 따름이다. 가로등 불빛이 환한 창밖을 지켜보면서 나는 생각에 잠겼다. 언젠가는 저 가로등 불빛이 꺼질 것이다.

정말로 그 밤을 꼬박 새우고 날이 밝아 가로등 불이 꺼지는 순간을 지켜보았다. 불이 켜질 때처럼 불이 꺼질 때도 소문 없이 예고 없이 깜박, 그냥 불이 꺼졌다. 순간. 찰나. 눈 깜빡하는 사이. 아주 단순 명료하게 모든 일이 완성되었다.

인생도 마찬가지고 자연도 마찬가지다. 사람들은 삶과 죽음만을 기억할 뿐, 삶의 순간과 죽음의 순간을 잘 기억하지 않는다. 알려고 하지도 않는다. 역시 그럴 필요를 느끼지 않는 것이다. 밤과 낮의 구분, 사계절의 구분도 마찬가지다. 그저 어련무던하게 넘어갈 따름이다.

『장자莊子』에 나오는 말이다. '인생이란 한 마리 흰 망아지가 문틈으로 빠르게 달려가는 것을 바라보는 것과 같다 [人生如白駒過隙].' 망아지가 문틈으로 빠르게 지나가는 것을 분명히 본 사람. 하얀 물체가 지나는 것을 본 사람. 아무것도 보지 못한 사람. 세 종류의 사람이 있을 것이다.

가로등의 불이 켜지고 꺼지는 것을 보는 것도 그렇다. 가로등의 명멸을 분명히 본 사람이 있겠고, 아는 사람이 있겠고, 다만 가로등이 켜졌구나 그 정도만 알고 넘어가는 사람도 있겠고, 아예 아무것도 알지 못하고 사는 사람이 있을 것이다.

나는 과연 어떤 사람이 되어서 살아야 할 것인가. 기왕이면 가로등이 켜지고 꺼지는 순간을 정확하게 지켜보면서 사는 사람이고 싶다. 그리하여 나의 삶의 태도는 병원을 무사히 탈출한 뒤 많이 바뀌었다. 인생이든 자연이든 그 본질을 들여다보면서 살고 싶었다. 결국 그렇게 하루하루를 살게 되었다. 감사한 일이다.

어느 해인가는 가을이 언제 어떻게 오는가를 지켜본 적이 있다. 가을이 어느 날 밤인가 새벽 1시 반쯤, 감쪽같이 쳐들어오는 것을 보았다. 아니 알았다. 열어놓은 창문으로 서늘한 바람이 불기에 벌떡 일어나 창밖으로 얼굴을 내밀고 보았더니 그 순간에 그해의 가을이 방금 도착하고 있었다. 바람의 방향이 바뀌었고 바람의 온도가 바뀌어 있었던 것이다.

가슴속으로 잔잔한 기쁨이 차올랐다. 아, 나는 금방 올해의 가을이 이 땅에 도착한 것을 보고 말았구나! 그다음 날 만나는 사람마다 가을이 왔다고 입을 모아 말하는 것을 들었다. 이러한 것을 보는 것은 진정 고맙고 감사한 일이다. 앞으로도 이러한 삶의 태도와 과정이 나에게 지속되기를 소망한다.

# 가 을  햇 빛

어제오늘 햇빛이 많이 달려졌다. 사람의 어깨를 무겁게
짓누르던 그런 햇빛이 아니다. 무거운 햇빛도 아니고 따가
운 햇빛도 아니다. 많이 가벼워진 햇빛. 홀가분해진 햇빛.
색깔도 붉은 빛에 노란 빛이 연하게 물든 색깔이다.

섭섭하다. 안쓰럽다. 해마다 이맘때면 찾아오는 손님. 어
딘가 먼 곳으로 떠날 것 같은 눈빛이다. 반가운 마음에 악
수라도 청하고 싶다. 가을 햇빛 앞에서는 사람의 마음도 마
냥 허허로워지고 자성의 마음을 갖게 마련이다.

그동안 힘겹게 쥐고 있던 모든 것들을 살그머니 내려놓
고 싶은 생각이 든다. 우리들 지난여름은 하나의 싸움판. 너
나없이 힘에 겨웠다. 턱없이 높은 기대 앞에 기가 죽었었고
서로 서로의 경쟁심리에 지쳐 있었다. 이제는 그 모든 것들
을 내려놓을 때. 좀 더 솔직해지고 홀가분해져야 할 때.

가을 햇빛은 겸손하고 정직하다. 가을 햇빛은 성실하고
친절하다. 가을 햇빛은 우리에게도 그런 덕목들을 가지라
고 요구한다. 겸손해라. 정직해라. 좀 더 성실하고 친절해

라. 가을 햇빛은 진정 좋은 선생님 같은 눈빛을 하고 있다.

요 며칠 전의 일이다. 외부 일정이 없는 시간이라 잠시 풀꽃문학관에 들렀다. 강의실로 쓰이는 큰방에 들어섰을 때 방바닥에 비친 햇빛이 확 눈에 들어왔다. 지금껏 보지 못하던 햇빛이다. 가을철이 아니면 볼 수 없는 햇빛이다.

아, 저 햇빛! 노리끼리하면서 환한 저 햇빛! 나는 속으로 놀라면서 내심 반가운 마음이 들었다. 젊은 시절 고향 집에서 살 때 가을마다 만났던 그 햇빛이다. 그 시절 나는 이런 햇빛을 얼마나 좋아했고 가을에 대한 시를 얼마나 많이 썼던가.

가을 햇빛은 태양의 고도와 관계가 있다. 여름철에는 태양의 고도가 높아서 햇빛이 지붕 위를 스쳐 서쪽 하늘로 떨어진다. 하지만 가을이 되면 태양의 고도가 낮아져 남쪽으로 비스듬히 해가 기울면서 햇빛이 이렇게 방 안 깊숙이까지 들어오는 것이다.

새로 국화 잎새 따다 수놓아
새로 창호지 문 바르고 나면
방 안 구석구석까지 밀려 들어오는 저승의 햇살.
그것은 가난한 사람들만의 겨울 양식.

내가 시인으로 등단하던 해인 1971년 가을에 쓴 「가을

서한」이란 작품의 일절이다. 아, 그때도 그런 생각을 했던 모양이구나. 그것은 벌써 50년 전의 일. 나 자신의 작품을 읽으면서도 와락 앞서는 반가운 생각. 내가 늙은 사람이 되긴 되었나 보다.

# 물기 머금은 풍경

　모처럼 비가 내렸다. 감질나게 조금 내린 비가 아니고 흐무지게 내린 비다. 이제 장마철의 시작이라 한다. 죽어가던 풀들이 살아나고 시들던 나무들도 생기를 되찾았다. 적당히 습기 머금은 공기는 사람들한테도 좋다.

　무엇보다도 숨쉬기를 편하게 한다. 저절로 마음까지 편안해지고 눈길까지 부드러워진다. 편안한 마음과 부드러운 눈빛으로 먼 하늘을 바라본다. 하늘 가득 잿빛 구름이 얼룩져 있다.

　먹물을 엷게 풀어서 붓에 듬뿍 묻힌 다음 누군가 하늘 허공에 덧칠해놓은 듯한 솜씨다. 청옥 빛 등성이 언저리에 골짜기에 안개구름이 걸려 흩어지면서 흐르고 있다. 마음도 따라서 천천히 흩어지면서 흐른다.

　그 위로는 구름이 옆으로 길게 늘어서 있다. 마치 산등성이 위에 구름의 대평원이 펼쳐져 있는 듯하다. 다른 구름보다는 조금 맑은 회색빛 구름. 거기 내 마음도 가서 눕는다. 편안하다.

구름의 대평원 아래로 먼 도시의 풍경이 있다. 가로수가 보이고 진한 초록색 구름이 보이고 또 울룩불룩 솟아 있는 건물들도 보인다. 대부분은 아파트 건물일 것이고 더러는 빌딩일 것이다.

더욱 마음이 멀리 멀리까지 간다. 저 도심 너머 어디쯤 물기 머금은 마을이 있겠지. 밤사이 온 비로 도랑물이 불어 붉은 토사를 머금고 제법 큰 소리를 내며 흘러가고 있겠지.

그 마을은 어김없이 내 유년의 마을, 외갓집 마을이다. 꿕뜸마을. 외할머니와 둘이서만 살던 오막살이 초가집. 그 집에서 외할머니와 둘이서만 살면서 나는 외로운 소년이었지만 충분히 행복했었다.

그 마을에 봉숭아꽃도 피어 있을까. 물을 머금고 통통 불어 오른 봉숭아 꽃대. 그리고 싱싱한 초록의 이파리. 그 사이로 봉숭아 붉은 꽃도 피어나고 있을까. 아니다. 봉숭아 꽃을 닮은 계집애 하나 그 마을에 살고 있다면 얼마나 좋을까. 상상만으로도 기쁨이 차오른다.

마음이 멀리 간다. 멀리 가서는 쉽게 돌아오려고 하지 않는다. 이제 저 하늘은 내 마음의 뜨락이다. 에너지를 잔뜩 머금은 비구름. 꺼밋한 비구름. 나의 마음도 한껏 심호흡을 하며 에너지를 머금어보는 순간이다.

# 꽃잎, 세 가지 색깔

언젠가 미국 여행길에 그곳에 사는 여성 문인의 안내로 식물원 구경을 한 적이 있었다. 거기서 그렇게도 보고 싶던 허밍버드, 그러니까 벌새도 실컷 보았고 심지어는 죽은 허밍버드를 손에 쥐어보기도 했다.

그런데 그보다도 더 기억에 남는 것은 '예스터데이, 투데이 앤드 투모로우Yesterday, Today and Tomorrow'라는 긴 이름을 가진 꽃나무다. 제법 큰 떨기나무였다. 초록빛 나무 이파리 사이로 꽃들이 방긋방긋 피어 웃고 있었다. 대충 보아 파란색 계통이었다.

동행한 여성 문인은 나에게 꽃의 이름을 알려주면서 꽃의 색깔이 제각각이라고 했다. 말하자면 꽃이 핀 날짜에 따라서 색깔이 변한다고 했다. 어제 핀 꽃 다르고, 오늘 핀 꽃 다르고, 내일 필 꽃이 또 다르다는 것이었다. 그래서 꽃의 이름이 '어제, 오늘 그리고 내일'이라는 거였다.

꽃 이름을 듣는 순간 마음이 싸했다. 어제, 오늘 그리고 내일. 그 세 가지가 한 나무에 공존한다는 사실이 신기하기도 했거니와 그것이 바로 우리네 인생이 아닌가 싶어서였다. 그러하다. 어제, 오늘 그리고 내일. 그렇지만 그 중심은 꽃이고 또 나무다.

그처럼 우리네 인생이 아무리 변하고 흔들려도 내 마음의 속내는 변하지 않는다. 한때나마 사랑했던 마음만 우리가 잊지 않는다면 어제도 오늘이고 내일도 충분히 오늘이겠다. 그 모든 날들을 우리는 동행하는 것이다. 마땅히 그래야만 한다.

꽃들의 색깔은 제각각. 푸른빛 꽃잎이긴 했지만 백색의 농도가 높은 꽃잎도 있고 청색의 농도가 높은 꽃잎도 있었다. 그러하다. 백색과 청색이 우리의 마음과 사랑의 바탕이다. 그것만 변하지 않는다면 우리는 어제도 오늘도 내일까지도 사랑이고 또 동행이다.

우리들의 동행길 그 길 위에 꽃잎을 던진다. 조금은 파란색 꽃잎. 조금은 하얀색 꽃잎. 세월 가고 나이를 먹어도 사랑아, 변하지 말거라. 파랑 빛깔로 가늘게 떨리면서 웃고만 있거라. 혼자서 가더라도 너무 힘들어하지 말아라. 나도 여기 아직은 잘 있단다.

# 윤동주 시인의 자취

끝내 가보고 싶었다. 하지만 명동촌과 윤동주 시인의 무덤을 찾는 일은 지난한 일이었다. 특히 시인의 무덤을 찾는 일이 어려웠다. 주변에 아는 사람이 없었다. 현지의 안내인에게 물어도 모른다고 하고 마을 사람들에게 물어도 모르겠다는 대답이다.

물어물어 길을 열었다. 신기하게도 우리가 타고 간 전용버스는 큰길 가에 세워두고 현지의 마을버스를 타고 가는 길이었다. 시인의 무덤은 듣던 대로 공동묘지의 한편 느슨하게 비탈진 땅에 있었다. 그런대로 중국 정부에서 잘 관리해주고 있는 흔적이 보였다.

놀랍게도 시인의 무덤에 잔디가 없었다. 안내인의 설명에 의하면 관심이 있는 무덤, 연고가 있는 무덤은 이렇게 무덤의 봉분 위에 난 풀을 뽑아준다고 했다. 우리는 준비한 꽃다발을 시인에게 드리고 묵념을 올리고 시 한 편을 함께 읽은 뒤 시인의 무덤에 난 풀을 울면서 뽑아드렸다.

우리나라 사람들은 이렇게 감정적인 구석이 있다. 동행

한 사람 가운데는 문학에 대해서 잘 모르고 윤동주 시인에 대해서는 더욱 알지 못하는 사람들도 있었는데 그들도 역시 울먹이며 우리의 감정의 울타리에서 한 식구가 되어주었다. 그 역시 감동이었다.

소원 하나 풀었다. 아, 나는 살아서 한번 윤동주 시인의 무덤을 보았다. 생전에는 비록 시인을 만나지 못했지만, 시인의 무덤이라도 보고 묘비석이라도 본 것은 매우 고마운 일이고 기쁜 일이다. 무덤을 만나고 나서는 여행길이 훨씬 가벼울 수밖에 없었다.

그다음 코스는 명동촌. 시인의 옛집을 보고 시인의 옛집 마루에 오래도록 걸터앉아 햇빛을 쪼이고 있었다. 아무도 그 햇빛이 싫다고 얼굴을 찌푸리지 않았다. 일찍이 윤동주 시인이 쪼였을 햇빛이라는 생각 때문에 그랬을 것이다.

아, 내 어찌 다시금 그곳에 갈 수 있으랴. 다만 마음속에 살아 숨 쉬고 있는 윤동주 선생과 윤동주 선생의 시와 더불어 지상에 머물러 사는 동안 아름다운 시와 정결한 삶을 꿈꾸어볼 일이다.

# 행 동 이 곧 유 언 이 다

누구라도 훌륭하게 사신 분의 좋은 말씀은 마음에 들어와 삶을 변화시킨다. 조금씩 마음을 바꾸게 하고, 행동을 바꾸게 하고, 끝내는 인생을 송두리째 바꾸게 한다. 그러므로 우리는 좋은 말씀을 될수록 많이 외워둘 필요가 있다.

살아온 기간이 짧지 않으므로 외우고 있는 말씀이 많다. 어찌 그 말씀들을 한꺼번에 밝혀 말할 수 있을까. 무릇 경전의 말씀들이 다 교훈이고 우리 인생의 길을 안내하는 스승이다. 지금도 내가 외우고 있는 말들이 많다.

우리나라 어른으로 다산 정약용 선생의 말씀을 기억한다. '부지런하라. 차를 즐겨 마셔라. 기록하기를 좋아해라.' 조선 후기의 문장가 유한준이란 분의 말씀도 좋았다. '사랑하면 알게 되고, 알면 보이는데 그때 보이는 것은 전과 같지 않을 것이다.' 사자성어로 알고 있는 한 말씀이 좋았다. '불광불급不狂不及.' '어떤 일이든 미치광이처럼 그 일에 열중하지 않으면 목표에 도달하지 못할 것'이라는 말이다.

글 쓰는 사람이니 그 방면의 좋은 말도 많이 기억한다.

'좋은 시란 어린이에게는 노래가 되고, 청년에게는 철학이 되고, 노인에게는 인생이 되는 시다'라는 괴테의 말. '위대한 시인은 훔치고 졸렬한 시인은 빌린다'는 T. S. 엘리엇의 말. '글을 쉽게 쓰는 일이 어렵게 쓰는 일보다 어렵다'는 어니스트 헤밍웨이의 말. '글을 어렵게 쓰면 평론가가 모이고 쉽게 쓰면 독자가 모일 것이다'라는 알베르 카뮈의 말.

그런 가운데 내가 가장 좋아했던 말은 헨리 데이비드 소로의 『월든』제10장 '베이커 농장'에 나오는 다음과 같은 내용이다. '천둥이 울리면 울리도록 내버려두라. 그것이 농부의 수확을 망칠 우려가 있다 한들 어떻단 말인가? 그것은 그대가 상관할 바가 아니다. 사람들이 수레와 헛간으로 피할 때 그대는 구름 밑으로 피하라. 밥벌이를 그대의 직업으로 삼지 말고 도락으로 삼으라. 대지를 즐기되 소유하려 들지 말라.'

특히 마음에 와서 닿는 말은 '사람들이 수레와 헛간으로 피할 때 구름 밑으로 피하라'와 '밥벌이를 그대의 직업으로 삼지 말고 도락으로 삼으라'와 '대지를 즐기되 소유하려 들지 말라'와 같은 말이다. 그야말로 알 것 같기도 하고 모를 것 같기도 한 말이지만 오랫동안 그 말의 뜻을 알려고 노력하며 살았다.

그러나 몇 년 전부터는 내 마음의 지침이 달라졌다. 그것은 2016년 8월, 윤동주 선생의 유적을 찾아서 떠난 중국 여행 뒤의 일이다. 일정 가운데 윤동주 선생의 옛집을 찾는 시간이 있었다. 그런대로 잘 보존된 옛집을 살피고 나오는 길에 옛집 옆에 세워진 교회 건물도 보았다.

내부는 명동촌의 역사전시관으로 꾸며져 있었는데 벽 위에 씌어 있는 낯선 문장 하나가 문득 눈에 들어왔다. '나의 행동이 나의 유언이다.' 규암 김약연이란 분의 문장이었다. 나는 망치로 뒤통수를 세게 얻어맞은 듯한 충격을 받았다. 세상에 이런 문장이 다 있었던가! 그리고 김약연이란 분은 또 누구인가?

알고 보니 그분은 윤동주 시인의 외삼촌 되는 분으로 명동학교를 세워 수많은 애국지사를 길러낸 분이고 동포들 사이에 '만주 대통령'으로 불렸던 민족지도자요 애국지사였다. 심히 부끄러운 마음이 들었다. 시인 윤동주만 알았지 그를 길러낸 스승인 이런 큰 어른을 몰랐다는 것이 그랬다.

정말로 그분은 1942년 75세로 중국의 용정시 자택에서 세상을 떠날 때 가족들의 유언 요청에 '행즉유언行則遺言'이라고 말씀하시면서 세상을 뜨셨다 한다. 늦었지만 나도 나의 행동과 삶 자체가 유언이 되도록 하루하루 유념하여 살아야겠다고 결심하는 계기가 되었다.

# 멀리 가는 길

인도의 성자라고 불리는 선다 싱의 젊은 시절 이야기 하나를 해보고 싶다. 기독교 수도원의 수사였던 선다 싱은 어느 날 동료 수사 한 사람과 다른 수도원을 찾아 길을 떠났다고 한다.

히말라야는 높고 험한 지역일뿐더러 눈이 많이 내리는 날이어서 길을 가기에 어려움이 많았다 한다. 게다가 추운 겨울철이고 날까지 빨리 저물었다고 한다.

"이거 큰일 났구려. 우리가 찾아가는 수도원까지는 아직도 길이 먼데 날까지 어두우니 서둘러 길을 가야겠습니다." 동료 수사가 말했다. 그런데 가는 길 앞에 무언가 보였다. 다가가 보니 그것은 먼저 길을 가다가 쓰러진 사람이었다.

"여기 사람 하나가 쓰러져 있구려. 우리가 일으켜 함께 갑시다. 몸이 따스한 것을 보니 아직 숨이 넘어가지는 않은 것 같습니다." 선다 싱의 말에 동료 수사는 말했다. "무슨 소리를 하는 거요? 우리도 가기 힘든 길인데 어떻게 이 사람까지 데리고 가겠단 말이오?"

244

동료 수사는 불평을 하면서 먼저 길을 떠났다. 그러나 선다 싱은 쓰러진 사람을 일으켜 그를 부축하며 길을 걸었다. 온몸에 땀이 흐르고 힘이 들었지만 계속해서 그렇게 갔다. 이윽고 쓰러졌던 사람도 기운을 차리고 길을 걷게 되었다. 나중에는 서로 이야기를 하며 외롭지 않게 길을 갈 수 있었다.

도란도란 이야기를 나누면서 가던 그들의 눈앞에 불빛이 보였다. "저기 좀 보시오. 우리가 찾아가는 수도원의 불빛이 보입니다. 이제 우리는 살았습니다." 그렇게 말하면서 가던 그들의 발 앞에 무언가가 보였다. 그것은 길을 가다 쓰러진 사람이었다.

두 사람은 다가가 그 사람을 살폈다. "아니, 이 사람은 우리보다 먼저 떠난 수사님이 아니오!" 선다 싱의 입에서 한숨 섞인 탄성이 흘러나왔다. 그렇다. 그 사람은 혼자만 가겠다고 먼저 떠난 동료 수사였다. 혼자서 살겠다고 먼저 길을 떠났지만 저체온증에 걸려 그만 길에 쓰러져 죽고 만 것이다.

'빨리 가려면 혼자서 가고 멀리 가려면 둘이서 가라.' 엉뚱하게도 아프리카의 속담 하나가 떠오른 것은 이야기의 끝 대목에서다. 그러하다. 인생은 먼 길을 가는 것이다. 혼자서 가기 힘들어 둘이서 가는 것이고 그러기에 결혼도 하는 것이다. 우리들 가정은 그런 점에서 매우 중요한 삶의 터전이다. 가정 안에서 우리도 행복하고 안정된 인생을 살도록 해야 하겠다.

# 생각이 힘이고 길이다

생각하는 일은 철학가나 사색가, 학자와 같은 유식한 사람들만의 전유물이 아니다. 생각하는 일은 인간이 인간일 수 있는 기본 조건이며 존재 이유이다. 생각할 수 있기에 인간은 인간인 것이다. 만약 생각하는 힘이 없다면 인간은 진작에 인간이 아니었을 것이다. 굳이 '나는 생각한다, 그러므로 존재한다'와 같은 서양 철학가의 말을 빌려 올 필요도 없겠다.

무릇 인간의 삶 자체가 생각에서 나오고 문화나 문명 자체가 생각에서 출발한다. 옛날 분들은 '생각한다'는 말을 '사랑한다'는 말과 동일하게 사용했다. 사모思慕. 글자 뜻대로라면 '생각하고 그리워한다'는 말이다. 그렇다. 누군가를 생각하고 그리워하는 것이 정말로 사랑이다. 생각 없는 사랑은 애당초 없는 것이다. 나의 시에도 「내가 너를」이라는 작품이 있다.

내가 너를

얼마나 좋아하는지

너는 몰라도 된다


너를 좋아하는 마음은

오로지 나의 것이요,

나의 그리움은

나 혼자만의 것으로도

차고 넘치니까……


나는 이제

너 없이도 너를

좋아할 수 있다.


독자들은 더러 이 작품을 짝사랑이나 실패한 사랑으로 읽는다. 하지만 나는 그렇게 보지 않는다. 오히려 완벽한 사랑이 이렇다고 본 것이다.

일단 사랑의 대상이나 수혜자는 '너'이지만 사랑을 갖고 사랑을 키우고 간직하며 완성하는 사람은 '나'이다. 그런 점에서 사랑이란 보다 더 많이 나의 문제다. 내가 해결해야만 할 감정의 문제이고 삶의 과제이다. 그 대표적인 예가 종교다. 우리는 종교적 대상을 만나지도 못했고 직접 누군가로부터 전해 듣지도 못했다. 다만 경전을 중간매체로 만났을 뿐이다. 그런데도 우리는 열렬하게 어떤 종교의 신자가 되기도 한다.

바로 이것이다. 이것이 인간의 생각의 힘이다. 생각이 이렇게 위대한 것이다. 폴 발레리 같은 사람은 이런 말도 남겼다. '당신이 생각한 대로 살아야 한다. 그렇지 않으면 당신은 머지않아 사는 대로 생각할 것이다.' 생각의 중요성이고 생각 없이 사는 것에 대한 경고다. 다시 한번 보자. 제주도 유배지에서 「세한도」를 그린 추사 김정희는 그 그림의 발문에 제자 이언적에 대한 고마움을 '장무상망長毋相忘'이란 말로 표현했다. '오랜 세월 지나도 서로 생각 잊지 말자'는 뜻이다. 생각은 이렇게 우정이나 신의로도 통한다.

지금은 여름의 한복판. 우리는 다시금 가을을 꿈꾼다. 이 또한 생각의 일이고 생각의 힘이다. 가을이 오면 누군가를 만나야지, 생각한다. 미룬 일을 꼭 해야지, 생각한다. 구체적으로 어떤 행사를 추진하고 어딘가로 여행을 떠나리라, 수첩을 뒤적거리기도 한다. 생각이 시켜서 하는 일들이다. 생각 속에 서라면 벌써 우리는 가을 속 깊숙이 들어와 숨 쉬고 있다.

가을이 오면 해야지, 일반적으로 생각하고 마음먹는 일이 있다. 그것은 책을 읽는 일이다. 흔히들 가을을 독서의 계절이라고 말한다. 하지만 가을에 꼭 독서만 하는 것은 아니다. 더 많이 바깥일을 한다. 그만큼 가을은 분주하고 바쁜 계절이다. 그런데도 가을을 독서의 계절이라고 말하는 까닭은 무엇일까. 그것은 독서가 그만큼 소중하고 생각이 또 그만큼 귀하다는 뜻일 것이다.

좋다. 가을이 오면 책을 읽자. 책을 읽자고 생각하자. 그러면 책을 읽게 될 것이다. 열 권을 읽겠다고 생각하는 사람은 그 반이라도 읽을 것이다. 생각이 힘이고 길이다. 생각이 우리의 스승이다. 생각이 시키는 대로 살자. 생각이 이끄는 길로 가자. 하지만 여기서도 나는 잠시 머뭇거린다. 무조건 아무렇게나 생각이 나는 대로 살아야 할까? 그래도 좋을까?

아니다. 될수록 좋은 생각대로 살아야 한다. 좋은 생각이란 또 어떤 생각일까? 우선은 착한 생각이다. 착하지 않은 생각은 그것이 아무리 아름답고 진실한 것일지라도 해악이 될 수도 있겠다. 어디까지나 선한 생각이어야 한다. 선한 생각이 되도록 애써야 한다. 그다음은 남을 염두에 두는 생각이다. 나만 생각하는 이기적이고 독선적인 생각을 가지고서는 안 되겠다. 남과 더불어 가는 길이다.

생각 속에 이미 당도해 있는 가을. 가을 속에서 우리는 벌써 책을 읽고 누군가를 그리워하며 눈물 글썽거리는 사람이 된다. 여행 가방을 챙겨 어딘가로 떠나는 사람이 되고, 모처럼 마음을 가다듬어 그동안 읽고 싶다고 마음만 먹었던 책 한 권을 골라 그 책 속에 머리를 모은 사람이 된다. 생각 속에서 우리는 모두 질서와 생명을 찾고 가지런해진다.

사람들,

고
맙
습
니
다

아이들이 오라고 한다.
멀리서 가까이서 아이들이
나를 보자고 한다.
아니 갈 이유가 없다.
내일도 또 내일도
아이들의 부름을 따라야 한다.
부르면 어디든 마다하지 말고
가야 한다.

# 아 이 니 드 유

전통적으로 우리나라 사람들은 사랑의 표현이 서툴다. 더구나 대놓고 사랑한다고 말하는 경우는 매우 드물다. 모르겠다. 요즘 젊은이들은 그런 말이 쉽게 나오는지 몰라도 나만큼이라도 나이 든 사람들은 그런 표현을 잘하지 못한다.

마음속으로는 그렇지 않다. 은근하고 끈끈하게 사랑하는 마음이 있다. 표정으로도 행동으로도 사랑을 보여줄 수 있다. 하지만 입으로 사랑한다고 대놓고 말하는 것은 아무래도 익숙하지 않다. 왠지 쑥스럽고 민망하고 얼굴이 화끈거려서 그러지 못한다.

차라리 영어로 '아이 러브 유I love you'라고 말하는 편이 훨씬 낫다. 그 말이 외국말이기 때문에 뭔가 모르게 간접화법으로 말하는 것 같은 느낌을 준다. 더러 나는 '아이 니드 유I need you'라는 말을 한다. 어쩌면 '나는 당신을 사랑합니다'보다는 '나는 당신이 필요합니다'가 훨씬 더 강한 사랑의 표현이 아닐까 싶기도 하다.

아이 러브 유가 소금을 덜 친 음식이라면 아이 니드 유는 소금을 많이 넣은 음식과 같다. 그래서 아이 러브 유가 조금은 가볍고 달콤한 말이라서 분홍빛으로 화려하고 보기 좋은 대신 쉽게 변할 것 같은 느낌을 준다면, 아이 니드 유는 훨씬 깊숙하고 무거운 말이라서 생활에 가깝고 삶 그 자체에 맞닿아 있어 쉽게 변하지 않을 것만 같은 느낌을 준다.

연애가 아이 러브 유라면 결혼은 아이 니드 유다. 정말로 그건 그렇다. '사랑'보다는 '필요'가 더욱 큰 사랑이고 절실한 사랑인지 모른다. 그래서 사람들이 결혼을 하는지 모른다. 나는 당신이 필요합니다, 나는 당신 없으면 곤란합니다, 나는 당신 없이는 살 수 없어요, 하고 말할 때 그것은 이 세상 그 무엇과도 바꿀 수 없는 사랑이 된다. 삶이 되고 사랑을 넘어선 사랑이 된다.

우리나라 사람들이 사랑한다는 말을 대놓고 쉽게 하지 못하는 까닭은 우리나라 사람들의 사랑의 개념과 기본이 애당초 새콤달콤한 감각적인 데에 뿌리가 있지 않고 은근하고 속내 깊은 곳에 마음이 자리 잡고 있어서 그러하고, 서로가 필요한 존재로서 사랑을 인식해서 그렇지 않겠나 싶다.

필요는 가치를 말한다. 그것은 효용성을 말하고 쓸모를 말한다. 내가 몽매에도 잊지 못하는 시에 대해서도 이 필요란 것은 매우 중요하게 작용한다. 시도 필요한 그 무엇이 되어야 한다는 것! 가치 있는 것이 되어야 하고 쓸모가 있어야 한다는 것! 그것은 매우 시급한 문제다.

시가 만약 필요한 것이 되고 쓸모 있는 것이 될 때 시를 대하는 사람들의 태도는 만판 달라질 것이다. 읽지 말라고 해도 시를 읽을 것이고 시집을 사지 말라고 해도 살 것이다. 필요는 사랑이다. 사랑은 쓸모다. 허울 좋게 사랑한다고 말만 하지 말고 서로가 필요한 그 무엇이 되도록 노력하자.

# 예원이가 가르쳐준 것

예원이는 최근에 알게 된 젊은 친구다. 올해 대학을 갓 졸업한 사람이니까 나이가 많아야 스물다섯쯤 된 사람이다. 이 사람이 나의 시를 많이 좋아해서 나의 시를 많이 읽었을뿐더러 자신의 이야기를 달아 책 한 권 분량의 원고를 만들었다.

대단한 일이고 고마운 노릇이다. 그래서 공주에서도 만났고 그의 집이 있는 부산에서도 몇 차례 만났다. 만날 때마다 우리의 화제는 시에 대한 것이었다. 시 이야기만 나오면 우리는 50년 나이 차이를 잊고 그냥 친구가 된다.

예원이는 대학에서 영문학을 전공한 사람이다. 영문학 지식에 해박할뿐더러 영시 읽기의 스펙트럼도 여간 넓은 게 아니다. 젊은 친구가 어찌 그렇게 의젓한지 모르고, 생각이 깊은지 고개가 갸우뚱해질 정도이다.

젊은 사람과의 이야기는 언제나 싱그럽다. 특히 예원이같이 재주 있고 마음이 맑고 깨끗한 사람과의 대화는 더욱 생산적이고 활력이 넘치게 되어 있다.

집에 돌아와서도 예원이가 들려준 이야기가 오래 잊히지 않는다. 셰익스피어의 소네트 이야기이다. 예원이 말에 의하면 셰익스피어 소네트 가운데 18번과 19번이 가장 좋은데 특히 19번에는 셰익스피어가 말하는, 인간을 영원하게 하는 것이 나온다고 한다. 그래? 정말 그래? 그런 느낌으로 예원이의 말에 귀를 기울였다.

셰익스피어가 말한 인간을 영원케 하는 것은 첫째가 시, 둘째가 자손, 셋째가 사랑이란다. 내 생각에도 그건 그렇지 싶다. 누군가를 사랑하는 마음을 담아 시를 쓰게 되면 그 마음은 시와 함께 영원히 살아남게 된다. 이것이 바로 영생이고 이것이 사랑하는 사람을 영원히 살아 있게 하는 한 좋은 방편이란다.

50년을 가볍게 뛰어넘는 예원이와의 대화가 마냥 즐겁다. 예원이와 친구가 되게 해주는 시가 참 많이 고맙다. 내가 미처 알지 못하는 것을 알려주는 예원이가 참 기특하다. 이렇게 때로 젊은 친구들은 나에게 좋은 선생님이 된다. 젊은이로부터 새로운 것을 배우니 내가 따라서 젊어지는 느낌이다.


하지만 너 늙은 시간아, 너의 최악을 다하라.

너의 몹쓸 짓에도 불구하고

내 사랑은 나의 시 속에서 영원히 젊어 있으리니.

이것은 예원이가 알려준 셰익스피어의 「소네트 19번」
마지막 부분이다.

# 한 사람 한 사람씩

어제도 경기도의 한 고등학교로 문학강연을 하러 갔다
가 왔다. 여전히 대중교통 수단으로 오가는 고달픈 길이다.
강연장, 2백 명 정도 들어가는 소규모의 강당에 아이들이
빼곡히 차 있었다. 아니, 통로까지 보조 의자를 가져다 놓
고 아이들이 넘치게 앉아 있었다.

들어서자 아이들이 환호를 했다. 그저 그런 환호가 아니
라 진심에서 우러나오는 반가움과 기쁨의 환호다. 목소리
도 빛나는 목소리지만 나를 바라보는 아이들의 눈빛이 더
욱 맑고 빛나는 것이어서 강연을 시작하기도 전에 나는 그
만 흥분하고 말았다.

내가 어디 가서 이렇게 맑고도 깨끗한 환호를 받겠는가!
내가 어떻게 이렇게 많은, 참 아름다운 총각과 처녀 아이들
의 환영을 한꺼번에 받겠는가! 이러한 만남부터가 나에게
는 특별한 일이고 축복이다.

강연은 쉽게 풀리고, 우리는 상호 간 감동을 주고받았다.
그러하다. 주고받는 감동이다. 내가 아이들에게 조그만 감

동을 주면 아이들은 그것을 더 큰 감동으로 바꾸어 나에게 돌려준다. 나는 또 그것을 키워서 아이들에게 돌려주고 아이들은 또다시 그것을 키워서 나에게로 보내준다.

강연은 성공적으로 끝났다. 문제는 사인의 시간. 강연 뒤가 바로 점심시간인데 사인을 받겠다는 아이들이 너무도 많았다. 줄잡아 1백 명 정도. 그래도 나는 숫자에 겁내지 않고 수고로움을 피하지 않는다. 대충 해주는 사인이 아니다. 차근차근 이름과 날짜와 시 한 편씩을 적어주는 사인이다.

놀라운 것은 한 시간 반쯤 이어진 사인 시간에 아이들이 끝까지 포기하지 않고 기다려줬다는 점이다. 더러는 급식실에서 주는 점심 식사까지 포기하겠다는 아이들도 있었다. 사인을 받으면서도 아이들은 울먹울먹했다. 한 글자 한 글자 자신을 위해서 써주는 축복의 글자에 감동을 표시했다.

어떤 아이는 자기 이름 대신에 선생님 이름을 적어달라는 아이도 있고, 부모님 이름을 적어달라는 아이도 있었다. 특별한 경우로는 자기 어머니가 나의 시로 태교를 해서 자기를 낳았는데 지금 병원에 계신다면서 자기 어머니를 위해서 사인을 해달라는 경우다.

나 자신 감정적으로 좀 기울었을 것이다. 그러냐, 그렇구나, 조그맣게 중얼거리면서 사인을 하고 있는데 아이가 갑자기 울기 시작했다. 이렇게 되면 나도 무너지고 만다. 괜찮아, 괜찮아질 거야, 엄마가 좋아질 거야, 너는 참 착한 딸이구나, 아이는 더욱 울고 나는 더욱 난감해지고 만다.

나는 사인을 할 때도 아이들을 앞자리에 뻘쭘하게 세워 두지 않는다. 의자를 하나 더 준비하여 옆자리에 앉힌다. 수직이 아니라 수평을 주장하는 것이다. 짧은 사인 시간이지만 몇 마디라도 사적인 말을 주고받는다. 그러면 더욱 친밀한 느낌을 갖게 된다.

어디까지나 일 대 다수가 아니다. 일 대 일을 원하는 것이다. 인간은 그 누구도 한 사람 한 사람 복사본이 아니고 유일본이다. 존귀한 존재이고 아름다운 존재이고 거룩한 생명체이다. 이걸 피차 알고 인정해야 한다. 더구나 아이들은 아름답고 사랑스러운 사람들이다.

아이들이 오라고 한다. 멀리서 가까이서 아이들이 나를 보자고 한다. 별스러운 사람이 아니다. 그저 그런 시골 사람이고 노인이고 시를 쓰는 한 사람일 뿐이다. 아니 갈 이유가 없다. 내일도 또 내일도 아이들의 부름을 따라야 한다. 부르면 어디든 마다하지 말고 가야 한다. 돌아오면서 생각나는 나의 시 한 편을 아래에 적어본다.

꽃들에게 인사할 때
꽃들아 안녕!

전체 꽃들에게

한꺼번에 인사를
해서는 안 된다

꽃송이 하나하나에게
눈을 맞추며
꽃들아 안녕! 안녕!

그렇게 인사함이
백번 옳다.

—「꽃들아 안녕」 전문

# 맨 발

숙이는 참 마음이 맑고 고운 아이다. 아니 맑고 선량한 영혼을 지닌 처녀다. 타인의 일에 함부로 관여하지 않고 저만큼 거리를 두고 보면서 그 사람을 이해해주고 도와줄 것이 없나 생각하는 사려 깊음이 있다.

어쩌면 숙이는 자기 자신을 너무나 사랑하는 사람인지 모르겠다. 언제나 보아도 그 모습 그대로다. 그 세월이 얼마인가. 10년을 두고 보아도 변함없는 사람이 숙이다. 그런 숙이를 제대로 알려면 그녀가 사용하는 문화원 사무실의 책상을 보면 안다.

일단 제가 맘에 들어 책상 한 귀퉁이에 놓아둔 물건은 절대로 치우는 일이 없고 자리를 바꾸는 일도 없다. 내가 사다 준 강아지 인형도 그 자리에 있고 동물 모양의 집게며 초콜릿도 그 자리에 있고 2012년도 미국 여행길에 사다 준 나비 모양 머리핀도 그 자리에 놓여 있다.

숙이의 책상은 흐르지 않는 세월의 표본이다. 벽에 걸어놓은 그림 같은 세상이다. 문화원장의 일을 그만두면서 날마다 듣던 숙이의 목소리를 듣지 못해서 한동안 힘이 들었다. 하나의 금단현상 같은 것이었다 할까.

그래서 가끔은 지금도 전화를 걸어 숙이의 목소리를 확인한다. 숙아, 잘 있니? 별일 없니? 너, 나 보고 싶지 않았니? 우리 메리포핀스로 빠네 먹으러 가자. 농담을 던지면 저는 원장님 안 보고 싶은데요, 능청스럽게 농담을 받아준다.

지난 7월 초순의 일이다. 한참 만에 문화원 사무실에 들렀다. 숙이도 있고 영이 대신 들어온 은이도 있고 직원 티오 증원으로 새로 들어온 선이도 있었다. 숙아, 잘 있었니? 인사를 나누면서 숙이의 발을 보니 샌들 차림이었고 또 맨발이었다. 숙아, 너 왜 맨발로 다니고 그래? 발등이 검어지는데.

"그래두유, 발에 스치는 바람이 맨발에 너무 시원해요. 그 맛을 떨칠 수가 없어서 양말을 신을 수가 없어요." 나는 갑자기 일본의 하이쿠 시인 요사 부손의 하이쿠 한 수가 떠올랐다.

여름 냇물을 건너는 기쁨이여 짚신을 들고

"원장님, 출퇴근길 샌들을 신고 오가다 보면 발가락 사이를 빠져나가는 바람이 얼마나 좋은지 몰라요. 그게 여름의 매력이에요." 그렇구나. 그것이 여름의 생명감각이고 우

리가 제대로 살아 있다는 하나의 증거이구나. 그 초여름이
다시 돌아온 것이구나.

그래서 숙이는 작년에 신었던 샌들을 다시 꺼내 신은 것
이고 작년에도 맨발이었는데 또다시 맨발인 것이다. 숙이
는 샌들을 벗고 제 맨발을 나에게 보여주었다. 숙이의 예쁜
발등에는 가로로 하얗게 두 줄의 얼룩이 생겼다. 샌들의 끈
이 햇빛을 가려서 생긴 자국이다.

젊은 여성의 맨발은 또 하나의 나신이고 그 사람의 속사
람이고 내면의 고백이며 그것은 또 상대방에 대한 신뢰이
며 전폭적인 지지인 동시에 자신감의 표출이기도 하다. 숙
아, 올해도 여름 씩씩하게 잘 보내고 우리 다시 가을을 맞
이하자. 점심시간 다시 만나 메리포핀스로 빠네 사 먹으러
가자.

# 투덜투덜

추적추적 봄비가 내리는 일요일. 집에서 쉬고 있는데 핸드폰이 울렸다. 서울에서 활동하고 있는 한 여성 화가한테서 전화가 온 것이다. 시간이 있으면 만나자는 내용이다. 왜냐고 물으니 그냥 얼굴이나 한번 보고 차나 한잔 나누고 싶단다.

단칼에 자르듯이 안 나가겠다고 할 수는 없는 노릇. 일부러 서울에서 나를 보러 왔다지 않는가. 용건이 뭐냐고, 전화로 말할 수는 없는 일이냐고 재우쳐 물었다. 그래도 젊은 여성의 목소리는 다시 한번 얼굴이나 보고 차나 한잔하잔다. 이런, 이런. 나는 작은 소리로 투덜거리고 있었다.

외출복으로 갈아입고 자전거에 올랐다. 가는 비가 내리고 있었으므로 우산을 받친 채 자전거를 타고 가는데 손이 조금 시렸다. 여전히 나는 투덜투덜 작은 소리로 불평을 늘어놓고 있었다. 왜 젊은 여자가 나이 많은 나더러 나오라고 그러는 거야?

조금은 특별한 사람이란 생각이 들었다. 나이를 고려하

267

지 않고 일대일 인간으로 대하는 것이 다르다. 서울식으로 생각하는 것이 또한 다르다. 자전거를 세우고 우산을 접고 약속된 화방 안으로 들어갔더니 젊은 여성 화가가 화방 주인과 함께 기다리고 있었다.

대뜸 나는 화난 목소리로 투덜투덜 불평을 늘어놓았다. 이렇게 쉬는 날 나이 든 사람한테 다짜고짜로 나오라고 그러는 사람이 어디 있냐고. 그런데도 젊은 여성 화가는 기죽는 일 없이 띄엄띄엄 자기의 이야기를 늘어놓는다.

분위기가 누그러지자 여성 화가는 가방에서 조그만 액자 하나를 꺼낸다. 자신의 스케치 그림을 담은 액자다. 나는 이제 민망해지기 시작한다. 이렇게 나는 여성한테 약하고 선물에 약하고 또 예쁜 그림에 약하다. 무저항으로 감동해버리고 만다.

여성 화가는 다시금 차나 한잔하자고 그런다. 이미 화방 주인이 준 차를 마셨으니 그럴 필요가 뭐 있겠느냐 그래도 아니라고 그런다. 겨우겨우 찾아간 찻집에서 차를 마신다. 좋은 이야기가 많이 오간다. 자기는 걷는 명상이 좋아 걸으면서 생각을 많이 한다고. 자전거도 즐겨 타는데 자전거를 타면 자유로움을 만끽할 수 있어서 좋다고.

이런 대목에서 나는 또 마음이 누그러지고 동질감을 느끼게 된다. 이야기 분위기가 많이 편안해지자 나는 말이 헤퍼진다. "원장님은 아무래도 투덜이 같아요." 아까부터 유

268

심히 나를 지켜보던 젊은 여성 화가가 하는 말이다. 투덜이? 그래. 나는 투덜이다. 이런 것에도 못마땅하고 저런 것에도 못마땅한 나는 투덜이다.

그들과 헤어져 다시금 자전거를 타고 오면서 길가에 봄꽃들이 벌써 몸을 활짝 열었다 닫는 것을 보았다. 벚꽃나무들은 가지에 통통하게 부은 꽃망울들을 매달고 꽃을 피울 채비를 하고 있었다. 이 비 그치고 내일이나 모레쯤이면 벚꽃이 활짝 피어나 우리를 반겨줄 것이다.

투덜투덜 불평하면서 찾아오는 봄. 투덜투덜 불평하면서 꽃을 피우는 나무들. 나도 그들 옆에서 오늘은 투덜투덜 불평을 많이 늘어놓았으니 한 그루 봄을 준비하는 꽃나무이고 싶은 마음이 된다.

# 계란말이

세상을 살다 보면 스스로 자랑스럽고 잘했다 싶은 일보다 돌아보아 심히 부끄럽고 후회스러운 일이 많다. 그때 왜 나는 그렇게 해야만 했을까? 그렇게 하지 않고 이렇게 했으면 얼마나 좋았을까?

나의 사십 대 초반 무렵은 특히 살기가 빡빡하고 힘겨웠던 시절이다. 뒤늦게 시작한 대학원 공부와 초등학교 교감 승진의 과업이 맞물려 하루하루 숨 쉬며 살기조차 버거웠다. 게다가 글은 계속 써야만 했고 소극적으로나마 사회활동도 이어가야만 했다.

그러다 보니 가족의 일이 뒷전으로 밀렸고 아이들을 보살피는 일에는 더욱 여유가 없었다. 돈이 생기면 책 사고 공부하고 사람들을 만나야 했던 시절. 나는 근무하는 학교에 도시락을 싸 가지고 다녔다. 시골 학교라서 부근에 식당도 변변치 않고 학교 급식도 하지 않던 때라 다른 교사들도 그렇게 하던 시절이다.

아내는 늘 내 도시락 반찬에 대해 걱정을 했다. 항상 차

270

려 먹는 반찬을 싸줄 수도 없고 고기 장조림같이 돈 들어가는 고급 반찬은 손이 닿지 않고 만만하게 자주 싸주던 반찬으로 계란말이가 있었다. 계란을 풀어서 프라이팬에 얇게 부치고 그 위에 김을 한 장 얹어 동그랗게 만 뒤 칼로 도막을 내어 만드는 반찬이다.

어떤 날 점심밥을 먹다가 계란말이 반찬을 한두 개 남겨온 날이 있었던 모양이다. 도시락을 씻다가 그것을 발견한 아내가 아이들에게 먹으라고 주었겠지. 그런 뒤로는 아이들이 내가 학교에서 돌아오면 나의 도시락을 기웃거리는 거다. 혹시나 아빠 도시락에 계란말이가 남아 있지 않을까, 그래서였을 것이다. 어떤 날은 계란말이가 한 개 남을 때도 있어 그걸 두 아이가 반쪽씩 나누어 먹곤 했다.

계란말이. 지금은 흔하고 평범한 음식이다. 그러나 나에게는 아직도 흔하지도 않고 평범하지도 않은 음식이다. 그때 내가 비싼 책을 사보고 밖에서 사람들 만나는 데 돈을 쓰는 대신 아내에게 계란이라도 넉넉하게 사다 주었다면 얼마나 좋았을까.

계란말이 도시락 반찬과 함께 우리 집 아이들에게 미안한 마음이 드는 음식은 켄터키 치킨이다. 닭고기에 빨간 양념을 발라 구워 먹던 켄터키 치킨이란 음식이 한창 유행하던 시절. 주로 소풍 갈 때 운동회 할 때 점심시간에 학부형들이 아이들에게 챙겨주던 음식이었다. 그러나 우리 집 아이들은 언감생심 가까이하기 어려운 음식이었다.

더러는 운동회 하는 날 점심시간 학부형들이 우리 집 아이들이 도시락 음식만 먹는 것이 안쓰럽게 보여 등 너머로 켄터키 치킨 몇 조각을 넘겨주어 그것을 먹이곤 했던 나였다. 그것도 내가 우리 아이들 다니는 학교 선생이었기에 가능한 일이었다.

지금 와서 돌아보면 눈물겹고 후회스럽던 시절. 끝없이 가난하고 쓸쓸하던 시절. 그 중심에 가난한 초등학교 선생이면서 시인인 아비를 두어 더욱 가난하고 쓸쓸했던 우리 집 아이들이 있고 또 그들 곁에 켄터키 치킨과 계란말이 도시락 반찬이 있다.

## 목말과 딸기

지금 사는 아파트로 이사 오기 전, 공주로 전근 와서 살때 우리 가족은 금학동 후생주택 동네에서 살았다. 6·25 전쟁 이후 미국의 구호물자를 받아들여 지은 집이다. 건평 16평짜리 집. 매우 엉성하게 지은 집인데 낡고 비좁기까지 했다. 그래도 그 집은 우리 가족이 세상에 와서 제일 먼저 가져본 집이다.

초등학교 교사 봉급이 참 열악하던 시절이다. 그나마 부부 교원인 동료들은 여유가 있었지만 혼자서 직장생활을 하는 나 같은 사람은 참 힘이 들었다. 오죽하면 아내는 한달에 한 차례 돈을 세는 사람으로 살았겠는가! 봉급을 받은 날 저녁, 앞으로 한 달 동안 쓸 돈을 몫을 나누어 세어서 분류해놓는 것이다. 그러고는 그대로 돈을 썼다. 참 빡빡한 살림살이였다.

그 집에서 살 때의 일이다. 딸아이 민애가 다섯 살이나 여섯 살 때쯤이었을 것이다. 대문 밖에서 노랫소리가 들려온다. '태극기가 바람에 펄럭입니다…….' 그것은 동네 마을

273

길로 목말을 실은 리어카가 들어온다는 신호이다. 그러면 민애의 조바심이 시작된다. "엄마, 엄마……." 저의 엄마를 쳐다보며 조른다. 저도 목말을 타고 싶다는 의사 표현이다.

목말을 한 번 타는 데 드는 돈은 50원. 그 돈을 목말 아저씨에게 주고 목말 위에 올라앉으면 꼭 50원어치만 목말이 아래위로 흔들거린다. 그러고는 딱 멈추어 선다. 그래도 민애는 목말에서 내릴 생각을 하지 않는다. 더 타고 싶어서 그런 것이다. 민애는 멈추어 선 목말 위에서 몇 번 궁둥이를 들썩여보다가 내린다.

그날도 골목길에서 노랫소리가 들렸다. 민애와 아내는 장독대 옆에 있었다. 수중에 돈이 궁한 아내는 불안한 생각이 든다. 민애가 또 리어카 목말을 태워달라고 그러면 어쩌나! 아내는 옆에 있는 세숫대야를 집어 들고 그것을 빨랫방망이로 소리 나게 두드린다.

그렇다고 해서 귀밝은 민애가 그 소리를 못 들을 아이가 아니다. "엄마아, 엄마아……." 민애의 애원이 시작된다. 그러면 아내도 어쩔 수 없이 민애를 데리고 문밖으로 나가 목말을 태워줘야만 한다. 50원어치만 타는 목말. 그것도 리어카에 실은 목말. 아내는 그 목말 아저씨가 그렇게도 원망스러웠다고 한다.

한번은 민애를 데리고 시장에 갔었다고 한다. 공주에서 오래된 재래시장이다. 가난한 아내는 정육점에 가서도 돼

274

지고기 한 근을 제대로 못 사고 반 근을 사오곤 하던 시절이다. 심지어는 내가 보던 신문지를 이고 가서 그것을 정육점에 주고 돼지고기와 바꾸어다 먹던 시절이다.

마침 이른 봄. 시장의 채소전에 딸기가 나왔다고 한다. 멀리서도 딸기가 있는 것을 본 아내는 찔끔했다고 한다. 민애가 사달라고 그러면 어쩌나? 수중에 딸기를 살 만한 돈이 없는데 어린 민애가 딸기를 먹고 싶다면 어쩌나, 걱정이 된 아내는 한 손으로 치마를 넓게 펼쳐 올려 민애가 딸기를 보지 못하도록 가렸다고 한다. 그렇다고 눈 밝은 민애가 딸기를 보지 못할 아이가 아니다.

"엄마아, 딸기…… 딸기…….'민애의 애원이 또 시작된다. 치마를 올려 들어 민애의 눈을 가렸지만 소용이 없었던 것이다. 아내가 딸기 장수 아주머니한테 다가간다. "아주머니, 미안하지만 아이가 너무 딸기를 먹고 싶어 그러니 딸기 두세 개만 팔 수 없을까요?" 그것은 정말 아내의 진심이었다고 한다. 그러나 딸기 장수 아줌마의 반응은 매우 싸늘했다.

"이 아줌마가! 내가 딸기 장수 한다고 사람 무시하고 그러네. 어떻게 딸기를 두세 개 팔아. 재수 없으니 저리로 가!" 그것은 참으로 모진 말이었다. 욕설이었다. 그래도 아내는 어쩔 수 없었다고 한다. 다시 민애의 손을 이끌고 집으로 돌아오는 아내가 얼마나 서글펐을까. 그런 엄마를 따라 타박타박 걸어서 그 먼 제민천을 거슬러 집으로 돌아오는 민애는 또 얼마나 슬펐을까. 지금 생각해도 두 사람에게 미안한 마음이다.

# 우 리   집   자 장 가

자장자장 잘도 잔다 우리 애기 잘도 잔다
멍멍개도 잠을 자고 꼬꼬닭도 잠을 잔다
자장자장 잘도 잔다 우리 애기 잘도 잔다
멍멍개야 짖지 마라 꼬꼬닭아 울지 마라.

이것은 내가 어렸을 때 외할머니가 나를 등에 업고 손으
로 내 엉덩이를 토닥거리며 밤마다 불러주시던 자장가이
다. 그 자장가 소리를 들으며 나는 잠의 나라를 찾아가곤
했다. 거기다가 한 가락을 더 붙인다면 이런 자장가가 되기
도 한다.

자장자장 우리 애기 잘도 잔다 우리 애기
복일랑은 석순이 복을 명일랑은 동방삭이 명을
은자동아 금자동아 자장자장 잘도 잔다
금을 준들 너를 사랴 은을 준들 너를 사랴.

나는 외할머니가 불러주시던 자장가 소리의 내용이나 의미를 잘 알지도 못하면서 그 자장가의 가사와 곡조를 그만 외워버리고 말았다. 말하자면 그것은 나의 체질의 일부가 되어버렸고 정서의 바탕이 된 것이다.

그렇게 자라서 나도 어른이 되어 결혼을 하고 어렵사리 아들과 딸 아이 하나씩을 낳아 키우게 되었다. 자연스럽게 아이 키우는 아내를 도와 우리 집 아이들을 등에 업는 날이 많았다. 차라리 나는 아이들 업어주는 것을 즐기는 사람이었다.

어떤 날은 아예 아이를 들쳐업고 동네 큰길까지 스스럼 없이 나가곤 했고, 아내가 빨래하러 개울에 나가거나 시장 길에서 늦을 때는 아이를 들쳐업고 대문간에서 기다리기도 했다. 그런 모습을 보고 아내가 찔끔했지만 나는 전혀 괘념치 않았다.

오히려 나는 아이들을 지금 업어주지 않으면 언제 업어 주겠느냐 항변하곤 했다. 그러면서 가끔은 업은 아이의 궁둥이를 두드리며 자장가를 불러주기도 했다. 내가 어려서 외할머니로부터 들었던 바로 그 자장가이다. 그러면 신기하게도 아이들은 스르르 잠이 들기도 했다.

하나의 마력 같다고나 할까. 외할머니는 비록 세상에 계시지 않지만, 나의 자장가 속에 분명 살아서 숨 쉬고 계셨고 그 자장가를 통해 우리 집 아이들을 편안하게 잠의 나라로 안내해주시곤 했다. 이것도 하나의 생명의 강물이라 그럴까.

　얼마 전의 일이다. 아들아이가 새롭게 집을 얻어서 이사했다기에 아내와 함께 아들아이네 집을 찾은 적이 있다. 이미 초등학교에 입학한 손자아이가 있었다. 그 손자아이를 등에 업고 아들아이가 자장가를 불러주고 있었다.

　'자장자장 잘도 잔다 우리 애기 잘도 잔다. 멍멍개도 잠을 자고 꼬꼬닭도 잠을 잔다…….' 어라! 저 노래는 내가 외할머니한테 들어서 배웠고 또 우리 집 아이들, 그러니까 지금 저의 아이를 업고 있는 아들아이 어렸을 적에 저를 위해 불러주었던 바로 그 자장가가 아닌가! 나는 적이 놀라는 마음이 아닐 수 없었다.

　이렇게 외할머니의 자장가는 나를 통해서 아들아이에게 전해지고 또 손자아이에게 전해지고 있었다. 이 얼마나 놀라운 문화적 계승인가! 어쩌면 손자아이도 저 자장가를 외워두었다가 이담에 제가 부모가 되었을 때 저의 아이 재울 때 불러줄지도 모르는 일이다. 이야말로 자장가의 내림이고 목숨의 강물이 멀리까지 흘러서 넘침이다.

　하나의 자장가를 통해서 지금 나의 손자아이는 얼굴도 보지 못한 나의 외할머니의 부드러운 숨결을 느끼고 있고 그분의 자애로운 마음을 만나고 있는 것이다. 아, 지극히도 아름답고도 고마우신 사랑의 강물이여. 더욱 오래 멀리까지 흘러넘쳐 그침이 없으시라.

## 하얀 사랑

　세상의 일이란 우연일까 필연일까. 또 인생이란 필연일
까 우연일까. 어쩌면 필연을 빙자한 우연일 수도 있고 우연
을 가장한 필연일 수도 있을 것이다. 낯선 여행지, 차에서
내려 무심히 들른 그 집 마당에 놀고 있는 강아지. 그 강아
지와의 눈 맞춤 같은 것이 인생이고 세상만사인지도 모를
일이다.

　슬이와의 만남이 그랬다. 휘이 인생을 한 바퀴 돌고 돌아
이제는 다 늙은 사람이 되어 직장에서도 정년퇴임을 하고
난 사람이었다. 집에서 놀다가 다시 찾아든 일터에서 만난
아이가 바로 슬이였다. 그냥 거기에 그 아이가 있었을 뿐이
다. 그리고 내가 문득 그곳에 들어갔을 따름이다. 그래서 만
난 것이고 그래서 그 뒤의 많은 일들이 이어진 것이다.

　전혀 예상치 못한 만남이었던 만큼 그 아이는 그렇게 전
혀 낯익지 않은 얼굴에 떫은 웃음을 머금고 나를 맞았을 뿐
이다. 그런데 어느 날 왈칵 그 아이에게 마음이 가고 말았
다. 그 아이 아버지가 세상을 뜨고 만 것이다. 나보다도 나

이가 젊은 아버지다. 오직 안쓰러운 마음이었다. 이걸 어쩌냐, 망설임과 쓰라림이 범벅인 마음이었다.

그 뒤로 마음이 자주 그 아이에게로 가서 돌아오지 않는 날들이 많았다. 아니, 날마다 날마다 그랬다. 그것은 떨쳐내기 힘든 이끌림이었고 가슴 울렁임이었고 여하튼 바다 울렁임, 일파만파 같은 것이었다. 내가 이게 무슨 꼴이란 말인가. 구차스러워 벗어나고 싶었지만 쉽게 벗어나지도 못하는 올가미 같은 것이었다.

목줄에 매인 토종의 검정염소 한 마리를 상상하면 좋을 것이다. 고집이 세고 미련하고 못생긴 검정염소 말이다. 많은 것들을 곱씹어보고 생각해보는 기회를 가졌다. 인생에 대한 되새김질 같은 것이었다. 분명히 그것은 낭비적이고 성가신 것이었지만 말기의 인생을 사는 나에게 눈부신 기회가 되기도 했다.

우선 새로운 시들이 찾아왔다. 예상치도 못했던 많은 시들이 써졌다. 순간순간 시가 떠올라 입질을 했다. 어법도 예전의 그것과는 사뭇 다른 문장들이 떠올랐다. 그것은 마치 빛줄기와 같은 것이고 분수와 같은 것이었다. 예기치 못한 축복이었고 선물 같은 것이었다.

그러하다. 그 아이는 나에게 시의 원천이었다. 모든 시들이 그 아이로부터 왔다. 그 아이의 말 한마디, 표정 하나하나가 시가 되었고 행동 또한 시가 되었다. 그러니 축복이 아닐 수 없고 선물이 아닐 수 없는 일이다. 요즘 젊은 세대들이 좋아하는 나의 시들을 보면 거의 모두가 그 시기에 쓰인 것들이다.

　그 슬이는 나에게 부성성이 무엇인가를 깨우쳐주기도 했다. 보편적으로 여자는 태어나면서부터 여성성과 모성성을 동시에 갖추고 태어난다. 그러나 남자는 남성성만을 갖추고 태어난다. 그래서 남성의 사랑은 이기적이고 자기중심적인 사랑에 머물고 만다. 부성성까지 터득하는 남자는 많지 않다.

　사랑은 소유나 만족이 아니고 희생과 인내를 겸한 보다 깊숙한 마음의 그 어떤 세상이다. 하지만 대부분의 남자들은 그런 세상에까지 이르지 못한다. 중간지점 어딘가에 엉거주춤 멈추고 만다. 남성성만으로 사랑을 대하기 때문이고 부성성으로까지 발전하지 못하기 때문이다.

　슬이를 두고 나는 사랑에 대해서도 많은 것을 생각하게 되었다. 일단은 내가 슬이를 사랑한다 하자. 나이 차이야 있지만 슬이도 여자이고 나도 남자다. 그렇다고 내가 슬이를 생각하고 사랑하는 것이 젊은 시절의 그것과 같은 사랑이란 말인가. 아니다. 절대로 그것은 아닐 것이다.

　그렇다면 슬이에 대한 사랑은 무언가 달라야 한다. 분명코 그렇지 않으면 안 된다. 하얀 사랑. 슬이에 대한 나의 사랑은 하얀 사랑이다. 어차피 남자의 사랑이기도 하지만 아버지의 마음으로 하는 사랑이어야 한다. 하얀 사랑. 모든 것을 알고 나서 하는 사랑. 완전한 사랑. 생각이 여기까지 이르자 마음이 편안해지고 누군가한테 구원을 받은 느낌이 들었다.

그 뒤 슬이는 내 곁을 떠났다. 나도 슬이와 함께 일하던 일터를 떠났다. 그렇지만 나는 슬이 곁을 떠나지 않았고 슬이도 내 곁을 떠나지 않았다. 여전히 슬이는 내 주변에서 숨소리를 내고 웃음소리를 내면서 살아 있는 조그만 아이로 남아 있다. 왜 그런가? 애당초 슬이란 아이가 내 마음 안에서 살고 있던 아이였기 때문이다. 그런 슬이를 내가 잠시 내 마음 밖에서 만났던 것이다.

잠시 꿈꾼 것 같은 날들. 꿈속에서 만난 것 같은 아이, 슬이. 그러나 그 꿈은 분명히 현실이었고 지금도 그 꿈은 진행형으로 살아 있는 꿈이다. 슬이 또한 나와 함께 살아서 숨 쉬는 건강하고 아름다운 지구의 한 생명이요 기쁨이다.

# 봄 스카프

까닭 없이 마음이 울적하다. 마음이 허하다. 또 봄이 오려는가. 강의 일정으로 다시 서울을 찾은 날. 고속버스에서 내려 백화점 앞을 지나면서 전화를 걸었다.

스카프라도 하나 사줄까? 무슨 색깔이 좋겠어? 이제는 스카프 맬 일도 없어요. 돌아온 대답에 가슴이 철렁 내려앉는다. 그렇게 말하지 마. 그래도 봄이잖아. 봄이니까 마음을 추슬러야지.

사실 이것은 내가 나한테 해주고 싶은 말이다. 마음을 추슬러야지. 암 그래야지. 지난주 일요일에 어머니가 소천하시어 어머니 육신은 땅에 묻고 어머니 영혼을 하늘로 보내드렸다.

그렇다면 마음이 울적한 것은 까닭이 없는 것이 아니다. 마음이 안 좋으니까 몸도 따라서 좋지 않다. 속상하다. 매사에 의욕이 떨어진다. 심드렁하다. 이러면 안 되는데. 정말 이러면 안 되는데, 그러면서도 깊은 수렁으로 빠진다.

제발 그러지 마. 나한테서 주는 기쁨을 빼앗지 말아다오.

나는 너한테 무엇이든 주고 싶어 하는 사람. 주고 또 주고, 주고 나서도 주었다는 것조차 잊어버리고 또다시 주고 싶어 안달하는 사람이란다.

백화점에 들어서니 우선 여성용품가게다. 화장품, 액세서리, 소품이며 보석가게. 오래전부터 자주 들어와 서성거리던 공간들. 스카프 가게를 찾아가 젊은 점원 아가씨에게 물었다. 여자들은 울적할 때 어떻게 해서 그것을 푸나요?

예, 제 경험으로는 매운 음식을 먹거나 쇼핑을 하거나 그래요. 그렇구나. 매운 음식을 먹는 것도 마음 바꾸는 데에 도움이 되고 쇼핑하는 것도 마음 바꾸기에 한 방편이 되는 거구나.

나는 아주 얇은 스카프 몇 장을 산다. 봄바람처럼 하늘거리는 스카프다. 스카프 색상을 고르면서 스카프 받을 사람의 나이를 계산해보고 기호를 생각해본다. 스카프를 받으며 지을 표정을 그려보기도 한다.

요즘 나는 참 마음이 힘들다. 울적하다. 주저앉고 싶다. 이렇게 백화점에 들러서 하는 철없는 조그만 낭비가 나의 마음 바꾸기에 제발 도움을 주었으면 좋겠다.

## 패키지 사랑

한마디로 패키지 사랑이란 보따리 사랑이다. 보따리에
넣어서 함께하는 사랑이다. 왜 있지 않은가, 패키지여행. 이
런저런 익명의 사람들이 함께 어울려서 떠나는 여행. 여행
사에서 주관하는 여행.

그처럼 이런저런 것들을 더불어 사랑하는 사랑이 패키
지 사랑이다. 나는 이런 사랑을 어려서 외할머니한테서 배
웠다. 외할머니는 당신이 잘 모르는 것이고 좋아하지 않는
것이라도 내가 알고 내가 좋아하는 것이라면 무조건 인정
해주고 함께해주셨다.

　　너는 비둘기를 사랑하고
　　초롱꽃을 사랑하고
　　너는 애기를 사랑하고
　　또 시냇물 소리와 산들바람과
　　흰 구름까지를 사랑한다

그러한 너를 내가 사랑하므로

나는 저절로

비둘기를 사랑하고

초롱꽃, 애기, 시냇물 소리,

산들바람, 흰 구름까지를 또

사랑하는 사람이 된다.


—「그러므로」 전문


　아내 또한 나에게 패키지 사랑을 가르쳐준 장본인이다. 아내는 내가 좋아하는 것이라면 무조건 지지해준다. 세상에 오직 한 사람 있는 내 편. 심지어 내가 좋아하는 사람을 더불어 좋아하고 내가 싫어하는 사람을 자기도 함께 싫어해준다.

　여자의 마음이 아니고 엄마의 마음, 보호자의 마음, 모친의 마음이다. 아침마다 아내는 자리에서 일어나자마자 과일을 깎는 여자다. 자기가 먹기 위해서가 아니다. 나한테 먹이기 위해서다. 과일이 식탁 위에 놓여 있어도 자기는 먹지 않는다.

　나중에, 아주 나중에 과일이 시들 때에야 겨우 한두 쪽 자기가 먹는다. 밥을 먹을 때 밥상에서도 그렇다. 내가 좋아하는 반찬은 잘 먹지 않는다. 내가 먹기를 기다려서다.

이런 사랑을 나는 패키지 사랑이라 부르고 싶다. 고마운 사랑이다. 감사하고 눈물겨운 사랑이다.

나도 이제는 늙은 사람이라서 누군가를 사랑할 때 그 사람이 사랑하는 것까지 사랑하고 그 사람이 좋아하는 것까지 좋아하게 되었다. 세상이 더 환해지고 더 넓어지고 더 말랑말랑해졌다. 살맛 나는 세상이 되었다. 역시 고마운 일이다.

## 딸 민애에게

　민애야. 나는 네가 예쁜 사람이기만 해서 사랑하는 것은 아니란다. 네가 공부를 잘하는 사람이기만 해서 사랑하는 것도 아니란다. 다만 네가 내 딸이기 때문에 사랑하는 것이란다. 물론 예쁘고 공부 잘하는 딸, 좋지. 고맙지. 그것은 부모의 마음. 세상의 어떤 부모 마음이든 그럴 거야.

　민애야. 나는 네가 우리나라에서 가장 좋은 대학에 합격했고 그 대학에서 석사와 박사 공부를 마치고 다시금 그 학교에서 학생들을 가르치는 선생이어서 너를 사랑하는 것도 아니란다. 물론 아버지로서 자랑스러운 일이지. 다만 네가 내 딸이어서 사랑하고 아끼는 것이란다.

　이제는 너도 두 아이의 엄마. 의젓하게 엄마 노릇 잘하고 오래전 남편과 만나 곱게 잘 살아가는 모습이 그럴 수 없이 보기 좋단다. 감사하고 고마운 일이지. 믿음직한 일이지. 말하자면 내가 너를 사랑하는 것은 너의 외면적 조건이 아니란 것을 알아주길 바란다.

　부디 지금처럼 잘 살아라. 남편에게 좋은 아내로, 아이들한테는 좋은 엄마로 잘 살아라. 그것만이 나의 소망이고 너의 엄마의 바람이란다. 사랑한다, 애야. 네가 아주 어렸을 적부터 그러했듯이 너를 사랑한다. 그냥 조건 없이 사랑한다.

아무리 네가 나이를 먹고 세월이 가도 너는 나에게는 조그맣고 사랑스럽고 귀엽기만 한 딸. 어린아이로서의 딸. 내 마음속에 들어와 살고 있는 너를 나는 언제까지고 내보내지 않고 살려고 한다. 너도 부디 내 마음속에서 나가려고 하지 말아라.

가끔은 칭얼대기도 하고 맛있는 것을 사달라고 조르기도 하는 귀엽고도 예쁜 딸로서 그냥 내 마음속에서 오랫동안 머물러다오. 가끔은 주머니에 돈이 없어 네가 사달라는 것을 시원스럽게 사주지 못하고 마음 아파하는 가난한 아버지로 오래 그 자리에서 서 있고 싶다.

# 누군가의 엄마라는 것

엄마가 섬 그늘에 굴 따러 가면
아기가 혼자 남아 집을 보다가
바다가 불러주는 자장노래에
팔 베고 스르르르 잠이 듭니다.

아기는 잠을 곤히 자고 있지만
갈매기 울음소리 맘이 설레어
다 못 찬 굴 바구니 머리에 이고
엄마는 모랫길을 달려옵니다.

〈섬집아기〉는 한국인들이 가장 좋아하는 동요 가운데
한 곡이고 아기 키우는 엄마들한테는 자장가 대용으로 사
랑받는 노래이다. 용케도 아기들은 이 노래를 불러주면 잠
을 잘 잔다고 그런다. 음악의 곡조나 가사를 알아차려서가
아니다. 그냥 느낌으로 시 가운데 들어 있는 마음을 알아차
려서 그런 것이다.

이런 것만 보아도 시가 보통의 언어가 아닌 것을 알 수 있다. '시에 쓰이는 언어는 황금의 언어이고 영혼에서 울려오는 영혼의 언어다.' 역시 내가 즐겨 하는 말이다. 그러기에 말도 알아듣지 못하는 아기가 노래만 듣고서도 잠을 잘 자는 것이 아닌가 싶다.

더러 엄마들한테 듣는다. 대부분의 아기들은 이 노래를 들려주면 잠을 잘 자는데 어떤 아기는 서럽게 느껴주며 울기도 한다는 것이다. 이 또한 우리의 영혼과 관계가 있어서 그런 것이 아닌가 싶다. 어쨌든 이 노래는 신비한 노래다.

그런데 이 노래를 부르면서 1절만 부르는 것이 문제다. 일이 바쁘다 보니까 할 일이 많다 보니까 그렇다고 하면 곤란한 일이다. 노래에 2절이 있으면 꼭 2절까지 불러야 한다. 어떤 노래든지 2절이 있는 노래는 1절의 이야기가 2절까지 이어진다. 또 2절에 시인이 말하는 중요한 의도가 들어 있을 수도 있다.

만약에 이 노래를 1절만 부르고 2절을 부르지 않는다고 생각해보자. 1절에서는 굴을 따러 섬 그늘로 나간 엄마가 집으로 돌아오지 않고 있다. 그래서 엄마는 계속 굴만 따고 있고 아기는 집에서 잠만 자고 있는 장면이 된다. 이래서는 안 된다. 엄마와 아기를 만나게 해주어야 한다. 노래 속에서 엄마와 아기의 상봉이 있어야 한다.

그것은 노래의 2절을 부르는 것이다. 그래야 엄마와 아기가 만나게 되고 집을 나간 엄마가 집으로 돌아오게 된다. 2절의 마지막 부분을 다시 읽어보자. '다 못 찬 굴 바구니 머리에 이고/엄마는 모랫길을 달려옵니다.' 그것이 엄마의 마음이다. 걸어가도 될 것을 달려간다고 하지 않는가! 이 얼마나 거룩한 마음인가!

아, 고마우신 엄마. 아, 사랑스럽고 귀여운 아기. 그 둘 사이에 우리들이 꿈꾸는 가장 아름다운 세상이 있다. 평화가 있다. 나는 가끔 '이 노래를 2절까지 부르지 않아서 세상의 엄마들이 집을 나가서 집으로 돌아오지 않는다'는 농담을 하곤 한다. 아기를 두고 집을 나가서 돌아오지 않는 엄마는 세상에서 제일로 나쁜 엄마이다. 부디 그렇게 하지 말자. 차마 그럴 수가 없는 일이다.

엄마가 된 분들은 알아야 한다. 자기는 그냥 그대로 한 사람의 여자가 아니라 누군가의 엄마란 사실을 깨달아 알아야 한다. 엄마가 아니었을 때는 자기한테 자기가 함부로 할 수도 있겠다. 그렇지만 엄마가 된 뒤에는 자기한테 함부로 해서는 안 된다. 왜 그런가? 자기는 그냥 여자가 아니라 누군가의 엄마인 사람이기 때문이다.

그래서 나는 엄마가 된 세상의 모든 여자분들에게 말하곤 한다. 자기한테 함부로 하지 마십시오. 자기를 보다 아끼고 사랑하십시오. 자기는 누군가의 엄마이기 때문입니다. 당신이 사랑하는 자녀들한테 엄마를 빼앗지 마십시오!

그것은 가장 나쁜 일이고 용서받지 못할 일이고 가장 무서운 죄악이랍니다.

# 안다는 것

안다는 것에는 우선 두 가지가 있다. 머리로 지식으로만 아는 앎이 있고 무엇인가를 스스로 할 줄 아는 앎이 있다. 현실적으로 생각할 때 사람들이 중시하는 앎은 지식으로 아는 앎이다. 그러나 정말 그럴까?

정말로 아는 앎은 전자가 아니라 후자이다. 지행합일知行合一이란 표현이 있는데 이것을 말해주는 용어이다. 글 쓸 줄 아는 것도 두 번째 앎과 관계가 있다. 아무리 머리로 말로 알아도 그것만 가지고서는 충분히 글을 쓸 수 없는 일인 것이다.

내가 좋아하는 『논어』의 첫 문장에 나오는 '학學'이 바로 머리로 지식으로 아는 앎이고, '습習'의 과정을 거쳐 아는 앎이 진정으로서의 앎, 스스로 할 줄 아는 앎이다. 이렇게 아는 앎을 도외시하는 사회 풍조, 교육 풍토는 문제가 된다.

공자님의 말씀을 다시 빌린다면 '학'과 '습'으로 해서 나온 결과로서의 '열悅'의 세계가 또 있다. 기쁘다. 이는 단순한 즐김이나 향유가 아니다. 마음으로 정신으로 기쁜 마음의 상태다. 엔조이enjoy가 아니라 조이Joy의 세계. 유레카의 세계다. 아 알았다. 기쁘다. 바로 그것이다.

여기에 더하여 내 몸이 기억하는 앎이 있을 수 있겠다. 몸이라고 해서 그냥 육체로만 제한하는 몸이 아니다. 육체와 정신을 합한 전인적인 몸이다. 가령 몇 주일 외국 여행을 떠났다가 자기 집으로 돌아왔을 때의 그 안온함을 떠올려보자.

피곤한 몸을 받아주는 침대와 이불과 베개를 느껴보자. 나는 아무리 빡빡한 일정으로 강연 여행을 떠나도 가능한 한 당일치기로 공주 집에 돌아와 잠을 잔다. 집에 돌아와 내 침대에 누웠을 때의 그 느낌. 내 이불과 베개가 나를 받아준다는 느낌.

이때의 느낌은 그 무엇과도 바꿀 수 없는 것이 된다. 이는 나의 몸과 마음이 알아서 느끼는 것이고 그것들과 상호작용이 일어나서 느끼는 것이다. 그것은 만족이고 감사이고 행복이다. 이러한 앎을 무시하지 않고 살 때 우리는 행복해질 수 있을 것이다.

# 구 상 선 생 의 꽃 자 리

내가 좋아하는 시편 가운데 구상 선생의 「꽃자리」란 작품이 있다.

반갑고 고맙고 기쁘다
앉은 자리가 꽃자리니라
네가 시방 가시방석처럼 여기는
너의 앉은 그 자리가
바로 꽃자리니라
반갑고 고맙고 기쁘다.

어쩐지 이 시를 읽으면 미지의 누군가로부터 위로를 받는 것 같고 응원을 받는 것 같아서 여간 감사한 마음이 아니다. 이 시는 나에게만 그런 것이 아니라 젊은 세대들에게도 그렇고 심지어 초등학교 어린이들에게도 잘 통하는 것 같다.

왜 그럴까? 그들도 이 시를 통해 위로를 받고 응원을 느끼기에 그럴 것이다. 무엇보다도 이 시는 읽는 이의 자존감을 높여준다. 너는 꽃이다, 너의 앉은 자리가 바로 꽃이 앉은 꽃자리다, 가시방석이 절대로 아니다, 그러니 너도 잘 살아라, 그런 축복이 들어 있다.

꽃에게는 향기가 있고 고운 빛깔이 있고 예쁜 모양이 있다. 꽃이 지면 그 자리에 무엇이 생기나? 열매다. 우리도 우리 삶의 자리에 열매를 남겨야 한다. 그러기 위해서는 열심히 살아야 한다. 보람을 찾아야 한다. 이만한 위로와 축복과 응원이 심상한 것이 아니다.

이러한 자각과 충고는 우리 인생에서 매우 중요하다. 우리는 자기 스스로를 낮추는 경향이 있을 수 있다. 그것은 겸양으로 통하기도 하고 자기 비하가 될 수도 있고 잘못하면 자존감 상실로까지 이어진다. 그래서는 안 된다. 자신감을 가져야 한다. 자기 신뢰를 회복해야 한다.

이 시는 완전히 구상 선생 혼자서만 쓴 작품은 아니다. 선배 시인 오상순 선생과의 합작이라고 볼 수 있다. 구상 선생과 오상순 선생의 나이 차이는 15세. 서울에서 오래 만나는 사이였는데 만날 때마다 오상순 선생은 구상 선생에게 '반갑고 고맙고 기쁘다'고 입버릇처럼 말했다고 한다.

그 말을 잘 들어두었다가 구상 선생도 오상순 선생만큼 나이가 들었을 때 이 작품을 쓰게 된다. 이 작품에서 가장 중요한 부분은 '반갑고 고맙고 기쁘다'이다. 그러기에 앞뒤로 두 번이나 되풀이되는 것이다.

생각해보자. 우리의 삶은 무엇보다도 반가워야 한다. 만났을 때 반가운 마음이 안 들면 큰일이다. 서로가 살아 있는 목숨이기에 반가운 것이다. 그런 다음, 기뻐야 한다. 어찌하면 기뻐질 것인가? 서로가 잘해주어야만 한다.

무조건 서로가 서로에게 잘해줄 일이다. 그 길만이 최선의 방책이다. 잘해주면 사람뿐만 아니라 강아지나 고양이 같은 짐승들도 좋아할 것이고 새들이나 흰 구름이나 꽃이나 바람들도 좋아할 것이고 나무들도 좋아할 것이다.

그렇게 잘해주면 저절로 생기는 마음이 기쁜 마음이다. 기쁜 마음이 행복으로 가는 지름길이다. 아니, 행복의 원료이다. 이걸 우리는 그동안 깜박 잊고 있었고 또 소홀히 했다. 이름만 대면 대번에 알 수 있는 어떤 명사는 이런 말을 남겼다. '우리 부부는 사랑해서 결혼했지만 서로가 작은 기쁨을 소홀히 하여 이혼할 수밖에 없었다.'

서로가 상대방의 기쁜 마음을 방해하지 말자. 할 수만 있다면 기쁜 마음을 부추겨주고 도와주자. 나도 이제는 오상순 선생이나 구상 선생만큼 나이가 들어 젊은 친구들에게 말해준다. 반갑고 고맙고 기쁘다. 네가 꽃이고 네가 앉은 자리가 꽃자리다. 너는 지금 잘 사는 것이고 예쁜 사람이고 또 사랑스러운 사람이다. 그래서 우리 모두는 행복한 사람들이다!

# 사탄은 누구인가

결론부터 말하면 우리들 인간 세상에서, 또 우리들 삶의
실상에서 사탄은 있다고 본다. 그렇다. 분명히 사탄은 있다.
사탄! 그러면 언뜻 악마를 떠올릴 것이다. 흉측하게 생긴
무서운 이미지를 떠올릴 것이다. 그러나 그것은 처음부터
오답이다. 사탄이 우리들 생각이나 짐작대로 그렇게 생겼
다면 애당초 사탄이 아니다. 만약 그렇게 생겼다면 우리가
쉽게 알아차릴 것이고 그러므로 얼마든지 피하거나 도망칠
수 있다.

심각성은 사탄이 전혀 그렇지 않다는 데에 있다. 사탄은
예쁘고 야들야들하고 사랑스럽기까지 하다는 것이다. 나아
가 인간관계로 볼 때 매우 소중한 사람을 통해서 온다는 것
이다. 그래서 무섭다는 것이다. 이쪽에서 피하기가 어렵다
는 것이다. 믿을 수 없겠지만 사탄은 때로 내가 가장 사랑
하는 사람을 통해서 오고 더 자주는 가족을 통해서도 온다.

사탄이 올 때는 그것이 사탄이라는 것을 이쪽에서 미리
알아채지 못한다. 교묘하게 오기 때문이고 우리의 영혼이

어두워 미리 깨닫지 못하는 까닭이다. 한두 번 당해봤거나 영혼의 능력이 있는 사람만 사탄의 접근을 눈치로 알게 되고 거기에 대한 대응책을 마련할 수 있다. 놀라운 것은 우리가 이렇게 눈치로 알아챘다는 것을 사탄도 안다는 것이다. 그러면 사탄도 그 태도를 바꾸어 대응해 온다.

이때부터 사탄과 나의 싸움이 벌어진다. 영적인 싸움이다. 숨죽인 채 충분히 기다리고 인내해야 한다. 섣불리 화를 내거나 행동해서는 안 된다. 도망쳐도 안 된다. 두려움이나 떨림을 누르고 영혼 깊숙이 사탄에 대해서 묵상하면서 저쪽을 응시하면 사탄 쪽에서 꼬리를 내린다. 슬그머니 내가 사랑하는 사람의 몸속에서 빠져나간다.

그걸 나의 영혼이 느끼곤 한다. 내가 느끼는 것을 사탄은 또 느낀다. 무서운 일이다. 그런데 말이다. 여기서 나의 영혼과 사탄은 무관한 것인가? 무관하지 않다. 나의 영혼이 또 사탄과 맞닿아 있는 것이다. 자칫하면 나의 영혼도 사탄에게 점령당해 사탄이 될 수가 있다. 아니다. 애당초부터 나의 영혼도 사탄의 씨앗을 숨기고 있었던 것이다. 문제는 이 씨앗이 발아를 하느냐 하지 않느냐에 있다.

생각해본다. 지금까지 내가 살아오면서 누군가에게 사탄이 되어가지 않았던가? 충분히 있을 수 있는 일이다. 가능한 일이다. 다만 내가 그것을 인지하지 못했을 따름이다. 모르고 그 순간순간을 넘겼을 따름이다. 무서운 일이다. 그것도 내가 사랑하는 사람에게 내가 사탄일 수 있었다는 것. 그러면서도 뻔뻔했고 내가 그런 사실조차 기억하지 못한 채 오늘에 이르렀다는 것. 드디어 망각하기까지 했다는 것.

다시 묻는다. 사탄은 있는가? 그렇다. 있다. 내가 사랑하는 사람들 속에 있고 나 자신 속에 숨어 있다. 특히 내가 잘되었을 때, 승리했다고 믿을 때, 내가 축복받았을 때, 사탄은 그 틈새를 노리고 나에게로 접근해 온다. 두려운 일이다. 끝까지 눈을 감지 말아야 할 일이다. 나에 대해서. 내가 사랑하는 사람들에 대해서.

내가 사탄이다. 내가 지극히 사랑한 사람이 나에게로 사탄이 되어 왔듯이 나도 나를 사랑한 누군가에게 충분히 사탄일 수 있었다. 그것을 부디 생명 다하는 날까지 잊지 말자. 내가 세상에 사람의 목숨으로 살아 있는 동안 누군가에게 사탄이 되지 않기를 바라면서 말이다.

# 네가 있어야 나도 있다

우리나라 속담에 '가는 말이 고와야 오는 말도 곱다'란 말이 있다. 오는 말이 먼저가 아니고 가는 말이 먼저다. 어디까지나 가는 말이 문제다. 내가 고운 말로 하면 돌아오는 말도 고운 말일 것이고 내가 거친 말로 하면 오는 말도 거친 말일 것이다. 바로 이것이다. 이것을 우리는 놓치지 말아야 한다.

물리학에서 뉴턴의 운동 제3법칙도 먼저가 작용이고 그 다음이 반작용이고 그래서 상호작용이다. 내가 먼저 잘하지 않고 다른 사람들이 잘해주기를 바라는 것은 허영이다. 허구다. 나는 초등학교 교직에 있으면서 여러 차례 1학년 담임도 해보았다. 교사의 말법은 철저히 경어체여야 했다. 왜일까? 나중에 알게 된 일인데 아이들한테 반말을 듣지 않기 위해서 그러는 것이다.

누가 뭐래도 세상에서 가장 소중한 존재는 나 자신이다. 내가 없어지면 세상 자체가 사라지고 만다. 그러나 그렇게 소중한 내가 유지되려면 네가 있어야 한다. 너의 도움이 필

요하다. 너의 응원과 너의 동행이 있어야 한다. 바로 이것
이다. 내가 소중하니까 네가 소중한 것이다. 너한테 잘해야
한다. 내가 내려가야 하고 내가 손 내밀어야 하고 나의 것
을 주어야 한다.

　이것은 시에서도 마찬가지다. 젊은 시절 나는 나의 문
제에만 집착하여 시를 써왔다. 그러나 후기로 오면서 타인
의 문제에 보다 포커스와 관심을 주면서 시를 써왔다. 그랬
더니 독자들이 조금씩 나의 시를 읽어주기 시작했다. 시집
제목에도 2인칭이 들어간 경우가 많다. '꽃을 보듯 너를 본
다', '너도 그렇다', '그 길에 네가 먼저 있었다', '당신 생각
하느라 꽃을 피웠을 뿐이에요' 등.

　그래서 어찌 되었나? 책이 잘 팔리는 결과가 왔다. 바로
이것이다. 결코 내가 한 일이 아니다. 독자가 한 일이다. 내
가 먼저 손 내밀고, 내가 먼저 저쪽을 걱정하고, 저쪽을 도
와주고자 해야 한다. 마음부터 그렇게 가져야 한다. 그러지
않고서는 우리에게 희망은 없다. 따스한 행복도 기약하기
어렵다. 너 없는 나는 불가능하다. 네가 있어야 나도 있는
것이다.

# 나 떠나는 날엔

나는 이미 한 차례 죽음을 경험한 사람이다. 13년 전 (2007년) 쓸개가 완전히 터져 중환자실에서 15일을 견디다가 마지막 시간이나마 가족들 곁에서 보내라는 담당 의사의 배려로 가족과 지내면서 죽음의 문턱까지 갔다 온 사람이다.

2인실을 혼자 쓰고 있었다. 아들아이는 사흘 밤낮을 잠도 안 자고 나를 불렀다는데 나는 겨우 몇 시간 보낸 느낌이었다. 흐릿한 빛이 흘러나오는 아치형 터널 앞에서 배를 깔고 나는 엎드려 있었다. 어디선가 가느다란 목소리가 들렸다. '아버지!' 아버지가 무슨 소릴까? 아버지란 말의 뜻을 알지 못했다. 한참 만에 아버지란 말이 부모 가운데 남자를 가리키는 말이라는 것을 알았고, 나를 부르는 사람이 아들이라는 것을 깨달았다.

나는 전혀 돌아오고 싶은 생각이 없었다. 참으로 그것은 특별한 세상이었다. 우선 육신의 고통이 없어서 좋았고 고요하고 평화롭고 자유로운 세상이어서 좋았다. 어디선가 향기마저 번지는 듯했다. 그냥 아치형 터널 저쪽으로 넘어가기만 하면 되는 일이었다. 왜 이렇게 좋은 세상을 두고 내가 돌아간단 말인가? 그렇지만 아들의 부름이 너무나 절박했다. 왜 저 아이는 저렇게 애절하게 나를 부르는 걸까? 아무래도 그냥 가면 안 되겠다는 생각이 들어 발길을 돌렸다. 아니, 마음을 돌렸다. 그래서 나는 다시 사는 목숨이 되었고 오늘에 이르게 되었다.

말하자면 두 번째 사는 목숨인 셈인데 그 뒤로 나의 모든 것이 달라졌다. 세상과 사물은 새롭게 반짝였고 녹슨 시간은 다시금 의미를 갖기 시작했다. 처음 얼마 동안은 하늘나라에서 며칠 휴가 나온 사람처럼 살았다. 그러다가 기왕이면 순간순간 버킷리스트를 해결하는 마음으로 살자는 생각이 들었다. 최선을 넘어서 이제는 날마다 이 세상 첫날처럼 살고 날마다 이 세상 마지막 날처럼 정리하면서 살자, 그것이다. 섭섭함을 버리고 억울함을 버리고 모든 욕망까지 버리며 살기다. 구체적 목표라면 날마다 밥 안 얻어먹고 욕 안 얻어먹기다.

내가 죽는 날이 따스한 봄날이면 좋겠다는 그런 소망은 없다. 다만 아내가 곁에서 지켜봐주었으면 좋겠다. 울지는 말고 조그맣게 찬송가를 불러주었으면 좋겠다. 그때는 내가 두 번째 죽는 날. 나는 결코 꿈꾸듯 잠자듯 죽기를 바라지 않는다. 되도록 정신을 똑바로 차릴 것이다. '아, 내가 이제 죽는구나!' 그런 생각을 하면서 곁에 있는 사람들과 마지막 인사를 나눌 것이다. 나 먼저 간다. 잘 살다가 오너라. 그동안 참 좋았다. 고마웠다. 잊지 않으마. 그런 말을 하며 떠나고 싶다.

# 미리 쓰는 편지
—아들과 딸에게

그동안 고마웠다. 너희들이 나의 아들이고 딸인 것이 고마웠고 나보다 더 좋은 인생, 너그러운 인생을 사는 사람들이어서 고마웠다. 부디 나 없는 세상에도 나를 너무 많이 생각하지 말고 너희 자식들 생각 많이 하고 너희들이 사는 세상을 더 많이 걱정하면서 살기 바란다.

실은 아비는 참으로 고마운 인생을 살았다고 생각한다. 어려운 시절, 빈농의 장남으로 태어나 외갓집 외할머니 슬하에서 어린 시절을 보내고 조금은 비뚤어진 성격으로 성장했지만 운 좋게도 교사가 되었고 시인이 되어서 두 가지 일을 함께하면서 살았다고 생각한다.

무엇보다도 시인이 된 것이 좋았다. 모질고 삐딱한 성격이었지만 시를 만났기 때문에 모진 마음을 달랠 수 있었고 삐딱한 성격을 바로 할 수 있어서 좋았다. 시는 나에게 필생의 스승이었고 동반자였고 어둑한 인생의 안내자였다. 나에게 좋은 일이 있었다면 오로지 시를 씀으로써 오는 것들이었다.

308

그 가운데서도 공주를 제2의 고향으로 삼아 살았던 것이 잘했다 싶다. 그러기에 공주에 나의 시 '풀꽃' 이름을 따서 문학관을 마련할 수 있었으니 참으로 고맙고 감사한 일이었다. 풀꽃문학관은 내 삶의 모든 것들이다. 나에게 좋은 것이 있고 기념할 만한 것이 있다면 그 모든 것들이 있어야 할 곳이 바로 풀꽃문학관이다.

나는 살아서나 죽어서나 내 개인이 아니고 공주의 사람이고, 내가 남긴 작품이며 자취들은 공주의 것들이다. 풀꽃문학관에 있는 그림 한 점, 책 한 권 함부로 내돌리지 말고 모두 공주에게 주고 공주의 것이 되도록 너희들이 힘쓰고 애써주기를 부탁한다.

사실 나는 13년 전에 한번 죽었다가 살아난 사람 아니냐! 모든 사람들이 죽는다 그랬는데 운 좋게도 죽지 않고 살아서 아직도 이렇게 살아 있는 목숨인 것이 새삼 놀랍고 고맙고 감사한 마음이란다. 나는 지금 두 번 사는 인생이다. 그러니 무슨 욕심이나 특별한 바람이 있겠니!

다만 삶의 순간순간이 고맙고 놀랍고 신기하고 새로울 뿐이란다. 그러하니 죽음의 날에도 나는 모든 것들에게 감사하고 모든 사람들에게 고마운 마음을 갖기를 소망한다. 나 떠나는 날 맑은 날이고 따스한 봄날이면 좋겠다, 그런 구체적인 소망은 없다.

가능하다면 모든 것들을 가볍게 내려놓고 떠나고 싶다.

원망이며 아쉬움 같은 것은 남기지 말아야 하겠지. 오히려 고마운 마음, 감사한 마음, 미안한 마음을 가져야 할 것이야. 그렇구나. 나는 책을 참 많이 낸 사람이니 그 점에 대해서 특별히 미안한 마음을 가져야 하겠구나.

나무에게 미안하고 나무 뒤에 있는 공기와 물과 햇빛과 바람에게 미안한 마음을 가져야 할 거야. 그러기에 나 자신 공기가 되고 물이 되고 바람과 햇빛이 되고, 차라리 한 그루 죄 없는 나무가 된다면 얼마나 좋을까. 그것이 나의 마지막 소망이 되었으면 좋겠다.

다만 한 가지 구체적인 부탁이 있다면 상가에 찾아오는 손님들에게 조의금은 받지 말아달라는 것이다. 내가 살면서 더러 보았는데 조의금을 받지 않는 상가가 참 깔끔하고 다녀오면서도 느낌이 좋더라. 엄마의 경우도 마찬가지지만 우리가 미리 알아서 상조보험을 마련해두었다는 걸 말해두고 싶다.

자 그럼 너희들도 너희들 몫의 인생 잘 살다가 오너라. 너희들을 나의 아들과 딸로 만난 것에 대해서 다시 한번 감사하는 마음이란다. 먼저 간다. 뒷일을 잘 부탁하마.

**표지 및 본문 그림 서선정**

회화를 전공했고, 전문 일러스트레이터로 활동하고 있다. 드로잉북 『나의 서울』을 펴냈고 후암가록에서 전시회를 열었다. 그린 책으로 『역지사지 세계 문화, 스웨덴』, 『알프스 소녀 하이디』, 『물새 메뚜기 개미』, 『우리집 로봇 로로』 등이 있다.

# 부디 ﹀ 아프지 마라

2020년 7월 31일 초판 1쇄 발행
2020년 9월 15일 초판 3쇄 발행

지은이 | 나태주
발행인 | 윤호권 · 박헌용

발행처 | 시공사
출판등록 | 1989년 5월 10일 (제3-248호)
주소 | 서울특별시 서초구 사임당로 82 (우편번호 06641)
전화 | 편집 (02) 2046-2867, 영업 (02) 2046-2800
팩스 | 편집 (02) 585-1755, 영업 (02) 588-0835
홈페이지 | www.sigongsa.com

ISBN | 979-11-6579-127-8  03810